THE QUEEN OF CRIME
繁體中文版
20 週年
紀念珍藏

絲柏的哀歌

阿嘉莎・克莉絲蒂——著
田孝德——譯

Sad Cypress

Agatha Christie®

策畫者的話

通俗是一種功力

吳念真（導演、作家）

通俗是一種功力。絕對自覺的通俗更是一種絕對的功力。

這樣的話從我這種俗氣的人的嘴巴說出來，大概很多人要笑破褲底了。不過，笑完之後請容我稍稍申訴。這申訴說得或許會比較長一點，以及，通俗一點。

小時候身材很爛，各種遊戲競爭完全任人宰割，唯一隱遁逃避的方法是躲起來看書或聽大人瞎掰。那年頭窮鄉僻壤的小孩能看的書不多，小學二年級時最喜歡的是超大本的《文壇》，老師借的。看著看著，某天老師發現我的造句竟出現：「捧著：朝陽捧著一臉笑顏為群山剪綵」這樣亂七八糟的文字，就拒絕再讓我看那些超齡的東西了。

老師的書不給看，我開始抓大人的書看。一種是厚得跟磚塊一樣的日文書，對我來說那完全是天書，但插圖好看，經常有限制級的素描。另一種書是比較薄的，通常藏得很嚴密，只是裡面有太多專有名詞、重複的單字和毫無限制的標點，比如「啊啊啊」、「……！！！」

老讓我百思不解。有一天，充滿求知欲地詢問大人竟然換來一巴掌後，那種閱讀的機會和樂趣也隨著消失了。

所幸這些閱讀的失落感，很快從大人的龍門陣中重新得到養分。講到這裡，我似乎先得跟一個村中長輩游條春先生致敬，並願他在天之靈安息。

我所成長的礦區，幾乎全是為著黃金而從四面八方擁至的冒險型人物，每人幾乎都有一段異於常人的傳奇故事。這些故事當事人說來未必精采，但一透過游條春先生的嘴巴重現，有時連當事人都聽得忘我，甚至涕泗縱橫，彷彿聽的是別人的故事。

條春伯沒當過日本兵，可是他可以綜合一堆台籍日本兵的遭遇，一如連續劇般從入伍、受訓、逃亡荒島，面對同鄉同袍的死亡，並取下他們的骨骸寄望帶回故鄉，乃至骨骸過多搞不清哪是誰的等等，讓聽的人完全隨他的敘述或悲或笑，彷彿跟他一起打了一場太平洋戰爭。此外他也可以把新聞事件說得讓一個三、四年級的小孩，到現在仍記得當時腦中被觸動的畫面。例如當年瑠公圳分屍案的凶手做案之後帶著小孩到安東街吃麵（這讓我一直以為台北的安東街是條專門賣麵的街道），還有甘迺迪總統被暗殺、賈桂琳抱住她先生、安全人員跳上飛快的車子保護賈桂琳……當然，這記憶全來自條春伯的嘴巴而不是報紙。我的記憶全是畫面，有畫面，是因為條春伯說得精采，說得有如親臨他至死都還搞不清地理位置的達拉斯命案現場。

於是這小孩長大後無條件地相信：通俗是一種功力，絕對自覺的通俗更是一種絕對的功力。透過那樣自覺的通俗傳播，即使連大字都不識一個的人，都能得到和高階閱讀者一樣的感動、快樂、共鳴，和所謂的知識、文化自然順暢的接軌。也許就是因為這些活生生的例子，俗氣的自己始終相信：講理念容易講故事難，講人人皆懂、皆能入迷的故事更難，而能隨時把這樣的故事講個不停的人，絕對值得立碑立傳。

條春伯嚴格地說是有自覺的轉述者，至於創作者，我的心目中有兩個。一個是日本導演山田洋次，一個是推理小說家阿嘉莎．克莉絲蒂。

山田洋次創造了寅次郎這個集合所有男人優點跟缺點的角色，在以《男人真命苦》為名的系列下，總共完成百部左右的電影。它們的敘述風格、開頭、結尾的方法不變，唯一改變的是故事，是時代，是遍歷日本小鄉小鎮的場景。數十年來，看《男人真命苦》幾已成為日本人每年的一種儀式，一如新春的神社參拜。

數十年前訪問過山田導演，他說，當他發現電影已然有它被期待的性格時，電影已經不是導演自己的。他說：當所有人都感動於美人魚的歌聲時，你願意為了讓她擁有跟你一樣的腳，而讓她失去人間少有的嗓音嗎？

人間少有的嗓音與動人的歌聲，都來自山田導演絕對自覺的通俗創造。

再如阿嘉莎．克莉絲蒂，如果我們光拿出她說過的故事和聽過她故事的人口數字，就足以嚇死你。五十多年的寫作生涯，她總共寫出六十六本長篇推理小說，外加一百多篇短篇小說和劇本。其中有二十六本推理小說被改編，拍了四十多部電影和電視劇集。作品被翻譯成一百零三種文字的版本，銷量超過二十億本。

夠了。你還想知道什麼？知道二十億本的意義是什麼嗎？二十億本的意義是全世界平均三個人就有一個人讀過她的書，聽過她說的故事。

說來巧合，她和山田洋次一樣，創造出個性鮮明的固定主角（當然，前前後後她弄出來好幾個），然後由他（或是她）帶引我們走進一個犯罪現場，追尋真正的罪犯。

故事就這樣？沒錯，應該說這是通常的架構。那你要我看什麼？不急，真的不急，克莉絲蒂會慢慢冒出一堆足夠讓你疑惑、驚嚇、意外，甚至滿足你的想像力、考驗你的耐心和智商的事件來。

推理小說不都是這樣嗎？你說得沒錯，大部分是這樣，不一樣的是……對了，她像條春伯，像山田洋次，她真會說，而且她用文字說。

文字的敘述可以讓全世界幾代的人「聽」得過癮、「聽」個不停，除了聖經，也許就是克莉絲蒂。她不是神，但她真的夠神。

數十年前，台灣剛剛出現她的推理系列中譯本，那時是我結婚前，常有同齡的文藝青年來我租住的地方借宿，瞄到我在看克莉絲蒂，表情詭異地說：「啊？你在看三毛促銷的這個喔？」

我只記得他抓了一本進廁所，清晨四點多，他敲開我的房門說：「幹，我實在很討厭那個白羅……再拿一本來看看，我跟你說真的，要不是你的書，我真的很想把那個矮儸壓到馬桶吃屎！」

我知道他毀了，愛吃又假客氣，撐著尊嚴騙自己。克莉絲蒂再度優雅地撕破一個高貴的知識份子的假面具，她的手法簡單，那手法叫通俗，絕對自覺的通俗，無與倫比、無法招架的功力。

昔日的文藝青年如今跟我一樣，已然老去，但不時還會看到他寫一些充滿理念和使命感極重的文章，在報紙和雜誌上出現。我知道他要說什麼，只是常常疑惑他想跟誰說；同樣，我記得他說過什麼，但轉眼間忘記他說了什麼。但請原諒我，幾十年前那個晚上，他在我家看完的那兩本克莉絲蒂的小說內容，我可還記得清清楚楚。

也許有一天再遇到他的時候，我會問他之後是否還看過克莉絲蒂其他的書，如果沒有，我會跟他說，想讀要趁早，因為你會老、會來不及。至於白羅那個矮儸，大概永遠不會消失。哦，對了，還有一個叫瑪波，你說不定會來不及認識……

老派偵探之必要

冬陽（推理評論人，台灣推理作家協會理事長）

「讀者非常喜歡白羅這個人物，表示『那個開朗的小個子，過氣的比利時名偵探』。顯然白羅是這本小說受歡迎的一個原因，雖然白羅可能不贊同用『過氣』二字來形容他。」知名編輯兼作家經紀人約翰．柯倫（John Curran）在《阿嘉莎．克莉絲蒂的秘密筆記》一書如是說，文中提到的「這本小說」，正是克莉絲蒂初試啼聲、名偵探赫丘勒．白羅優雅登場的《史岱爾莊謀殺案》，一部於一個世紀前出版的偵探推理作品。

百年光陰的淬鍊顯然證明了白羅絕無過氣的疲態，連帶讓我聯想起電影《金牌特務》（*Kingsman*）上映後，大眾熱議西裝如何能帥氣俊挺歷久不衰——或許可以從這個切入角度，在這裡跟老書迷、新讀友探究這個蛋頭翹鬍子偵探（我沒有影射哪款洋芋片食品喔）的魅力所在。

且讓我們話說從頭。

「我敢打賭你寫不出好的推理小說。」一九一六年，阿嘉莎．米勒（克莉絲蒂婚前的舊姓）在媽媽的打字機上敲擊，打算回應姐姐梅姬這挑釁的話語。她努力嘗試，但故事寫得不好，於是改從身旁熟悉的事物著手——比方說毒藥。阿嘉莎在藥房工作過，曾在某個夜裡驚醒，匆匆回到調劑室重新配置，因為她不記得有沒有漏做一個重要步驟，否則病患就要去見閻王了——噢，這似乎是個謀殺好點子。

阿嘉莎還記得姨婆對她的叮嚀：要注意他人覬覦她珍藏的首飾，時時留意是不是有人偷偷拉長了耳朵聽她們的竊竊私語。小阿嘉莎不但執行得徹底，還把這個習慣寫進小說裡。同時她還注意到，因為世界大戰爆發，家鄉托基湧入許多比利時難民，不如讓一個逃難到英國的比利時退休警官擔任偵探？一定很有趣！

啊，偵探小說顧名思義，只要塑造出一個教人印象深刻的偵探，大概就成功一半。這個人物必須要有特色、有個性，甚至是怪癖，而且聰明又自負。好幾個名字浮現在她腦海裡：莫里斯．盧布朗（Maurice Leblanc）筆下的怪盜紳士亞森．羅蘋、卡斯頓．勒胡（Gaston Leroux）創造的新聞記者胡爾達必，當然還有那最最知名的夏洛克．福爾摩斯——連帶創造一個華生型的助手好了。該怎麼安排呢……

於是，一位偵探的樣貌漸漸成形：五呎四吋的小個兒，蛋型臉上蓄著保養得宜、梳理有型的鬍子，衣著一塵不染，漆皮鞋擦得錚亮。他有嚴重的潔癖，說話不時夾雜法語，喜歡成雙成對的東西，喜歡方的不喜歡圓的（雞蛋為什麼不是方的呢？），口頭禪是「動動灰色的腦細胞」。阿嘉莎心想，他應該要有個像福爾摩斯一樣響亮的名字，取名「赫丘勒斯」怎麼樣？希臘神話中的大力士。姓氏叫白羅，不過搭赫丘勒斯這個名字好像不配……改一下，赫丘勒．白羅好像不錯？就這麼定了吧！

白羅很聰明，懂得觀察入微沒錯，但這並不表示他就得是台獨尊腦袋、缺乏情感的冰冷思考機器，尤其要在人物關係錯綜複雜的莊園宅邸查案追凶，交際手腕得高明些才行。他不是在謀殺發生、屍體出現後才開始像頭獵犬四處嗅聞，而是憑藉旺盛的好奇心與強烈的同理心接觸各種人事物，進而探入被害者、犯罪者、各個看似無辜但多少都和事件沾上邊的關係者的心靈深處，佐以現今稱作鑑識、法醫等等科學鐵證（哎，證據人人知道，可是要怎麼跟真相合理地連結到一塊，這就是名偵探的功力啦），讓原本叫人束手無策的事件得以畫下完美句點。也因此，白羅偶爾能預測進而制止罪案的發生，甚至對殘酷但值得憐憫的罪行網開一面，這樣才合乎人性不是嗎？

婚後以阿嘉莎．克莉絲蒂為名，推出《史岱爾莊謀殺案》後深獲好評，相隔六年的《羅傑艾克洛命案》更是引發街談巷議，而克莉絲蒂全球暢銷前十大作品中，還包括《東方快車謀殺案》、《尼羅河謀殺案》、《ABC謀殺案》、《藍色列車之謎》、《底牌》、《五隻小豬之歌》，合計八部皆由白羅擔綱演出。讀者不只喜愛這個聰明角色，還臣服於平實流暢的文筆及相對顯得衝突的複雜劇情，冷酷的謀殺動機隱藏在細膩的人際關係裡，穿透看似單純、帶點童話氣息的表象後，端賴名偵探明察秋毫、撥亂反正。尤其讓一個比利時人在英國土地上辦案，是克莉絲蒂的小心思，因為「英國人總是不信任外國人，也不相信睿智」（語出英國偵探俱樂部主席馬丁・愛德華茲〔Martin Edwards〕），讀者同凶手一樣輕忽不設防，卻也得到了參與鬥智競賽的意外驚奇和美好滿足。

這樣的閱讀感受，我稱之為「老派偵探之必要」，因為它純粹簡約，經得起反覆咀嚼，猶如前述的西裝革履，在潮流更迭的時間長河裡維持恆久的優雅風範——呼應吳念真先生寫在「策畫者的話」中的一段文字，那不是惺惺作態的高傲睥睨，而是「絕對自覺的通俗，無與倫比、無法招架的功力」所致。

不信？往下讀去就知道。而且我敢打賭，你有很高的比例會將整個白羅系列嗑完，然後是瑪波小姐系列以及其他系列，當然也不可能錯過像名列暢銷首位的《一個都不留》這類獨立之作……

註　克莉絲蒂推理全集一至三十八冊為「神探白羅系列」，三十九至五十二冊為「神探瑪波系列」，五十三至八十冊包含鬼豔先生、湯米與陶品絲、雷斯上校、巴鬥主任等名探故事。

獻詞

阿嘉莎・克莉絲蒂是世界讀者最眾，也最廣受喜愛的女作家。
身為克莉絲蒂的孫兒，我相信奶奶會非常樂見這次出版，
因為她極以自己作品中的趣味與娛樂為豪。
歡迎所有喜歡本系列的台灣新讀者參與這場饗宴！

——馬修・培察（Mathew Prichard）

序幕

「奧莉隆．凱瑟琳．克里修，你被指控於今年七月二十七日殺害了瑪麗．傑勒德。你是否承認自己有罪？」

奧莉隆．克里修筆直且昂首站立著，她那有如時裝模特兒般輪廓分明的面容上，有一雙靈巧湛藍的眼睛，兩道追隨時尚修剪的細眉，一頭烏黑亮麗的頭髮，使整個人散發著一股優雅的氣質。

法庭正籠罩在一片沉悶而緊張的寂靜中。

辯護律師艾德溫．布默先生心中沮喪而不安。

「我的天哪，她該不會是要承認自己有罪……恐怕她是支持不住了……」

奧莉隆開口了。

「我沒罪。」

辯護律師如釋重負地坐了下來，用手帕擦著額頭的汗水，心裡很清楚這件案子差點就將以悲劇收場。

檢察官山姆．艾頓博先生站起來說道：「敬愛的法官先生和各位陪審團員，今年七月二十七日下午三時三十分，瑪麗．傑勒德在曼登佛德的杭特伯利莊中死去……」

檢察官說話時提高分貝，響亮且悅耳的聲音直達每人耳中。他單調的敘述著事件經過，聽得奧莉隆神志恍惚，幾乎忘了周圍的一切，能進入她心中的只有一些零星片段。

「就其本質而言，該事件可以說是出人意料地簡單……原告方面的責任是證明被告犯罪的動機和可能性……

「從所有證據上來看，除被告之外，再也沒有第二個人存有殺害這不幸女孩瑪麗．傑勒德的動機了。她年輕善良，人緣甚佳，我可以斷言，在這個世界上，她不曾有任何仇敵。」

瑪麗，瑪麗．傑勒德！這一切是那麼地遙遠，猶如一場夢似的不真實……

「我認為本人有責任提醒諸位注意以下幾點：第一，被告曾有過哪些致死者於非命的機會？第二，她是因著什麼動機而做案？我會秉職責所在而盡可能提供證人，以幫助諸位做出正確的結論……

「對於瑪麗．傑勒德被害這一事實，我將盡力證明只有被告才有做案的動機和可能性……」

奧莉隆覺得自己好像在濃霧中迷了路，一個個不相關的獨立字眼在迷霧中無意義地飄浮著。

「……三明治……魚肉餡……空屋……」

這幾個字刺穿了奧莉隆沉重的思緒，戳破那重重包覆著的黑暗面紗……

法庭內一排排陌生的臉孔，其中有一張臉特別引人注意，那上面嵌著一雙清澈明亮的眼睛、兩撇烏黑濃密的鬍子。赫丘勒．白羅，他微微歪著頭，正若有所思地打量著她。

奧莉隆心想：他想了解我為什麼要下毒……他想看穿我的心思，想知道我有什麼樣的感覺……

感覺？一片模糊，一點驚恐……羅迪的面孔……多麼可愛而親切的面孔啊！修長的鼻子，柔軟的嘴唇……羅迪，全是羅迪！從她懂事的時候開始，從在杭特伯利莊的木莓園、養兔場、小河邊……羅迪，羅迪，羅迪……

接著是一些別的面孔，奧布萊護士正微張著嘴，長著雀斑、氣色良好的臉專注地向前傾。荷普金護士一副得意而冷酷的神情。彼得．洛德的臉……彼得．洛德總是那麼親切、感性，那麼……溫暖！可是他現在看來，卻是一臉——怎麼說呢，失落嗎？對，就是失落！一副憂心如焚的樣子。然而身為當事人的自己，這齣戲的主角，對眼前的這一切，卻已無動於衷了。

她只是異常冷靜地站著，站在被指控為殺人犯的被告席。

此時好像有什麼在奧莉隆的心中甦醒了；那纏繞在她腦海內的烏雲逐漸消散。她在法庭之中！四周都是人……

人們都專注地向前傾，嘴巴微張，瞪大眼睛，幸災樂禍地打量著她，並一派稱心如意地聆聽身材高大、有著猶太人豐鼻的檢察官在說話。

「本案的事實既簡單又無可置辯。接下來，我將就事實向諸位簡略地陳述。本案從一開始……」

一開始……一開始？就是接到那封可怕匿名信的那一天！這就是開始……

第一部

Sad Cypress

01

一封匿名信！

奧莉隆・克里修手裡拿著一封拆開的信，不知所措地看著。她從來未遇過這種事。這封信真令人不舒服，字跡醜陋，文法錯誤百出，寫在一張廉價的粉紅色信紙上。

寫這封匿名信是為了提醒你如下的事情：我就不提姓名，總之，有一個人已盯上你的姑媽，你若不留意將會失去所有。現在的年輕女孩太狡猾，而上了年紀的女士們則耳根子太軟，只要有人拍馬逢迎就言聽計從。你最好親自來這裡了解實際狀況吧。你和你的未婚夫若因此失去這份家產，那就太可惜了。這女孩手段高明，而你姑媽的身體隨時可能突然辭世。

善心人士

奧莉隆眉頭緊蹙，厭惡地看著這封信，就在這時候，女僕開門來通報說：「韋爾曼先生來了。」

羅迪走進房內。

羅迪！奧莉隆每一次見到羅迪，心中都有一絲迷亂的感覺、一陣喜悅的悸動，但她總是壓抑著不顯露出自己的情感。因為顯而易見的是，羅迪雖然也愛她，卻遠遠不及她愛他那樣強烈。第一次見到他，奧莉隆的心就像被攪動了似的，糾結得幾至心痛。說不出究竟是為什麼，一個長相如此普通的年輕男子，居然能如此吸引她，他的一個眼神能使人目眩神迷，他的聲音會讓你有種想哭的感覺。愛情的感覺應該是快樂喜悅的，但是如果愛得太深而竟至痛楚……

有一點她心裡是很明白的——她必須更加小心掩飾自己的感情，因為男人並不喜歡女人對他過度癡心和崇拜。尤其是對羅迪而言。

奧莉隆愉快地向羅迪打著招呼。

「哈囉，羅迪！」

「哈囉，親愛的！你看起來好像有心事，這是帳單嗎？」

奧莉隆搖搖頭，羅迪說：「我以為是帳單。仲夏時節嘛，小精靈漫天飛舞的同時，帳單也蹦蹦跳跳尾隨而至。」

奧莉隆搖著頭說道：「這個更糟，你看，這是一封匿名信。」

羅迪的眉毛向上一揚，他那冷傲的面容一瞬間僵住了。他不悅地厲聲說道：「不會吧！」

「真的很討厭。」奧莉隆向寫字檯走去，邊走邊說道，「我最好把它撕掉……」

她可以這樣做……而且差點就這麼做了。這事和羅迪八竿子打不著關係，她盡可以把信丟了，不再想它。羅迪絕不會阻止她，因為他對這類事情的厭惡程度遠勝過他的好奇心。

可是，此時奧莉隆卻改變了主意，她說道：「也許，先讓你看看，然後我再燒掉它。這信上所寫的事與蘿拉姑媽有關。」

羅迪的眉毛揚得更高了，他問道：「與蘿拉嬸嬸有關？」

他接過信，看了一遍，不快地皺皺眉頭，又把信還給了奧莉隆。

「對，」他說，「一定要把它燒掉！這世上竟有這樣的怪人！」

「你認為這會不會是哪個僕人寫的？」奧莉隆問道。

「很有可能。」他沒有把握地說道，「我很好奇信裡提到的女孩到底是誰呢？」

奧莉隆想了想。「一定是指瑪麗．傑勒德。」

羅迪皺起眉頭，極力回想：「瑪麗．傑勒德？她是誰？」

「就是門房的女兒。你應該記得她小時候的樣子？蘿拉姑媽一向喜歡這個女孩，對她十分寵愛，甚至還替她支付各種費用，包括音樂課和法語課等等的學費。」

「噢，我記起來了，就是那個長著一頭濃密金髮、全身瘦巴巴的小女孩吧？」

奧莉隆點點頭。

「自從你爸媽都選擇到國外去度暑假後，你大概沒有再見過她了。而且，你去杭特伯利莊的次數比我少，再加上之前一段時間她又去德國當人家的女伴。小時候我們經常找她一塊兒玩。」

「她現在長什麼樣子？」羅迪頗感興趣地問道。

「也許是受過教育的關係，她變得非常漂亮，看起來很有氣質，舉止得體。誰都看不出她是門房的女兒呢！」

「照你這麼說，那不是像一位名門淑女囉？」

「是呀。正因為這樣，我看她現在大概不願意再住在門房的僕人房裡了。她母親傑勒德太太死了好幾年，而她和父親處得並不好，老傑勒德老愛嘲弄女兒那身知書達禮的教養。」

羅迪氣憤地說道：「人們從來不知道，『教育』一個人會帶來什麼樣的傷害！那不是仁慈，相反的，是一種殘忍。」

奧莉隆說：「她在那裡的地位愈來愈重要……我知道在姑媽得了腦溢血以後，她經常為姑媽朗讀書報。」

「為什麼護士不讀給她聽呢？」

「奧布萊護士？」奧莉隆微笑著說道，「她一口愛爾蘭腔，聽了可是會使人發瘋的！這就難怪姑媽會比較喜歡瑪麗了。」

羅迪神經質地在房間裡來回踱步，走了約有一兩分鐘，然後說道：「奧莉隆，我認為我們有必要到杭特伯利莊走一趟。」

奧莉隆不悅地反問道：「就因為這封……」

「不，不，和這事無關。噢，該死……我還是老實說吧！沒錯，雖然這是一封卑鄙的匿名信，然而其中所說的事有可能成真，我指的是，老太太已經病入膏肓，而……」

「是的，羅迪。」

他帶著迷人的微笑看了奧莉隆一眼，像是承認人本性中有自私的一面，然後把自己的話說完：「這筆財產無論對你還是對我都很重要，奧莉隆。」

「噢，是的。」奧莉隆馬上回答表示支持。

羅迪又認真地說：「請不要認為我自私貪心，蘿拉嬸嬸自己不是經常說，我們是她唯一的親屬嗎？你是她弟弟的女兒，是她的親侄女，而我是她丈夫的侄子。她經常告訴我們說，她死後的一切財產不是歸你就是歸我，或是歸我們兩個所有。而那可是一筆巨額財產哪，奧莉隆。」

「是的，沒錯。」奧莉隆沉思地附和著。

「要維持杭特伯利莊可不是件開玩笑的事，」他說，「亨利叔父認識蘿拉嬸嬸時，就已經生活得相當富裕，而蘿拉嬸嬸本身也是個富有的遺產繼承人。她和你的父親都繼承了一筆為數可觀的遺產。只可惜，後來你父親去做投機生意，大部分的財產都賠進去了。」

奧莉隆嘆口氣說道：「可憐的爸爸，他實在沒有生意頭腦。直到他死前，還為著錢的事而不得安寧呢。」

「是呀，你的蘿拉姑媽倒是比你父親精明多了。她嫁給亨利叔父之後，他們就買下了杭特伯利莊。有一次她對我說，她的投資運一向非常好，從沒有損失慘重的情形發生。」

「亨利姑父把所有的家產都遺留給她了，是嗎？」

羅迪點頭說道：「是的，令人遺憾的是，他去世得太早，而她也一直沒有再婚。說起來她真是個傳統保守的女人，她對我們是呵護備至，待我就像對待自己的親侄子一樣。當我有需要的時候，她總是伸出援手幫我脫離困境，還好我沒有經常麻煩她。」

「她對我也是相當慷慨。」奧莉隆感激地補了一句。

「蘿拉嬸嬸真是個好人！」羅迪說道，「但是奧莉隆，你知道，以我們現在的財力，我們的生活可以說是過分揮霍了，雖然我們也不是故意的。」

「這話說得沒錯，我們的消費都太昂貴了，衣著啦、化妝品啦，還有一些諸如看電影、喝雞尾酒等沒必要的支出，甚至還買了一堆唱片。」

羅迪繼續說：「親愛的，你是那麼純潔，實在沒有必要工作，甚至和那些人周旋！」

「你這樣想嗎，羅迪？」奧莉隆問。

羅迪搖了搖頭。

「我之所以喜歡你，就是因為你優雅、孤高而且不同流俗。我不喜歡你正經八百的。我的意思是，如果不是蘿拉嬸嬸，你可能必須從事一些討厭的工作來養活自己。」他繼續說，「就像我，我有一份工作……算是吧。我在『路易斯和休姆公司』的工作還算輕鬆，那個地方很適合我。我工作是為了維持尊嚴，但我要聲明，我對未來是一點也不擔憂，因為我把希望全寄託在蘿拉嬸嬸身上。」

奧莉隆嘆息了一聲。

「說的好像我們是寄生蟲一樣。」

「胡說八道！我們只是事先得知自己將來會得到一筆遺產，這當然會影響到我們的生活態度。」

奧莉隆思索著。

「可是，姑媽從未具體談過她要如何分配自己的財產。」

「這有什麼關係？我們不是已經準備結婚了嗎？所以，不論她的財產是平分給我們兩個人，或是因血緣關係全留給了你，或是為了使我負起韋爾曼家族的責任而留給了我，不管是留給我們當中的誰都可以，反正結果都一樣。」他迷人地微笑著，又補充道：「幸運的是，我們彼此相愛。你是愛我的吧，奧莉隆？」

「是呀。」她冷漠地回答著，不帶情緒。

「是呀。」羅迪模仿著她的口吻說道，「你太迷人了，奧莉隆。你是白雪公主，冰冷得難以靠近，我想也許正因為這樣，我才如此愛你。」

奧莉隆感到一陣窒息。她說道：「是嗎？」

「是的，」羅迪皺著眉頭說道，「有些女人實在是……呃，該怎麼說……占有欲太強，太……太做賤自己，無所保留，感情一發便不可收拾。但是和你在一起……我無法掌握，從不確定，你彷彿隨時會轉變心情，換上那副淡漠、疏離的姿態，告訴我你改變心意了，說時你可以冷若冰霜，甚至連眼睛都不眨一下！你真特別，奧莉隆，彷彿是一件精心雕琢的藝術珍品，是如此、如此地完美！」他繼續說，「我想我們的婚姻將會非常幸福。我們彼此相愛，但又不是那種過分的激情。我們也是很好的朋友，有很多共同的興趣。我們相知相惜，擁有表親屬間的親密溝通，卻無血親間的利益衝突。你永遠不會使我感到厭倦，因為你是這樣的難以捉摸。也許你會厭煩我，因為我是個平庸無奇的凡夫俗子……」

奧莉隆搖著頭說道：「我永遠不會對你厭煩，羅迪，永遠不會！」

「親愛的！」羅迪親吻了她，又接著說道：「蘿拉嬸嬸是個心細的人，她大概猜到我們兩人現在已經到了什麼程度，雖然我們自從決定婚事之後一直沒去過她那兒。看來，這倒是我們去看她的一個好理由呢！」

「是的，我曾經想過……」

羅迪替她說完了這句話。

「我也這麼認為，我們去她那裡的次數太少了。當她第一次中風時，我們幾乎每個週末都去看她，但現在已經將近兩個月沒去探望她了……」

「如果她叫我們去，我們一定會立即趕去的。」奧莉隆說。

「是的，那當然。因為我們知道奧布萊護士很中她的意，對她也照顧得很周到，所以比較放心。可是不管怎麼說，我們對她的關心還是不夠。我不是為了錢的關係才這麼說，這是身為晚輩該做的事。」

奧莉隆點一下頭說：「我知道。」

「所以，這封可惡的信倒也做了件好事。我們到她那兒去，一方面是保障自己的利益，除此之外，也因為我們確實喜歡這位令人敬愛的老太太！」

他從奧莉隆手中拿了那封信，劃了一根火柴燒了信，思索著說道：「到底是誰寫的呢？是否就像我們小時候常說的，有人和我們是『同一國』？或許有人特別關心我們。像吉姆・帕廷頓的母親，她到里維拉生活，在那兒愛上一個年輕的義大利醫生，她對他一片癡情，甚至到後來把自己所有的積蓄都給了他，儘管吉姆和他幾個姐妹對這份遺囑提出異議，但也無濟於事……」

奧莉隆笑了。

「蘿拉姑媽很喜歡那位新來的醫生——他是接替蘭塞姆醫生的——可是也不至於到那種地步啊！總之，這封討厭的信提到一個女孩，我想他指的一定就是瑪麗了。」

「等我們去了那裡，就會明白一切……」

§

奧布萊護士從韋爾曼夫人的臥室裡出來到浴室去，轉頭說道：「我來燒水，我想你也想喝杯茶了吧？」

荷普金護士欣然同意。

「親愛的，我隨時都可以來杯茶，再沒有比喝一杯好茶要更享受的了，濃茶尤其是我的最愛！」

奧布萊盛滿一壺水，放到爐子上說道：「我所有的用具都放在這個櫥櫃裡，茶壺、茶杯、糖，艾娜每天還送來兩次新鮮牛奶。真是沒必要按鈴麻煩那些僕人裝熱水，這個爐子很好，一壺水一下子就燒開了。」

奧布萊護士是個身材修長的紅髮女子，年約三十，有著一口潔白的牙齒，長著雀斑的臉總是笑咪咪的，她很爽朗、熱情，病人都喜歡她。荷普金護士則是個外表溫和的中年婦女，動作敏捷，活潑開朗。她是區公所護士，每天早上都會到村裡幫那些臥病的老太太如廁、整理房間。

荷普金護士稱讚地說道：「這房子的設備真是不錯。」

奧布萊點頭表示同意。

「是呀，雖然有些地方的設計已經跟不上潮流了，像是沒有暖氣設備。不過還有很多壁爐可以使用。在這裡工作的女孩都很聽話，碧夏太太把她們教得很好。」

荷普金說道：「現在的女孩子啊，真令我受不了，大都不知道自己要的是什麼，工作表現更是令人不敢恭維。」

「瑪麗．傑勒德倒是個好女孩，」奧布萊辯解地說，「我無法想像要是沒有她，韋爾曼夫人該怎麼辦？你聽見韋爾曼夫人今天是怎樣叮囑她的嗎？總之，這小女孩確實是溫順可愛，她很有自己的作風。」

荷普金說：「我實在為瑪麗感到難過，她父親那個老頑固就知道想盡辦法折磨她。」

「就是嘛，從這個壞脾氣的老頭嘴裡，你是聽不到任何一句好話。」奧布萊表示深有同感。「水開了，等水一煮沸我馬上倒入茶中。」

不一會兒，茶已經沏好。兩位護士圍坐在韋爾曼夫人臥室隔壁的一間房間裡，這是奧布萊護士的房間。

「韋爾曼先生和克里修小姐今天會來。」奧布萊告訴對方。「今天早晨來了封電報。」

「這就對了，親愛的，」荷普金開心地說，「我才想，韋爾曼夫人今天看起來好像特別興奮。他們已經好久沒來了，不是嗎？」

「至少有兩個多月了吧！韋爾曼先生是個很不錯的年輕人，就是態度有些傲慢。」

荷普金說道：「我前些時候在《閒話東西》上看到『她』的一張照片，是她和朋友在馬克鎮照的。」

「她在社交界很紅，對吧？」奧布萊感興趣地說道，「而且總是穿得十分得體又出眾脫俗，你認為她長得美嗎？」

「這些女孩大半上了妝，很難知道她們真正的長相。就我個人認為，在外表上她不及瑪麗漂亮。」荷普金說。

奧布萊把嘴唇一嘟，歪著頭說道：「也許你說得沒錯，但瑪麗缺乏她的那種氣質。」

荷普金不以為然地說道：「有好的環境，自然可以塑造好的氣質。」

「你還要一杯嗎？」

「謝謝，我不介意再來一杯。」

兩個女人品茗著芳香的茶汁，親密地聊著。

奧布萊說道：「昨天夜裡有件事令我很不解。我和往常一樣，兩點鐘走進韋爾曼夫人的房間，想讓她躺得舒服一點，當時老太太已經醒了。但她一定還在作夢，因為她一看見我就說：『相片，拿相片給我。』

「我回答說：『好的，韋爾曼夫人。但可不可以等到明天早晨再拿？』她堅持說：『不，我現在就要看。』於是我問：『那好吧，相片在哪兒？你是不是想看羅迪先生的相片？』然後她說：『羅迪？不，我要路易斯的照片。』說完，她吃力地想撐起身子，我扶著她坐起來，她從靠近床旁邊的一個小匣子取出鑰匙，要我用鑰匙打開那個高腳櫃的第二個抽屜。裡面果真有一張鑲著銀框的大照片。照片裡是一位英俊的紳士，角落上橫寫著『路易斯』這個名字。相片是舊式的，一定是好多年前照的。我把相片遞給了她，她仔細端詳其中人物，看了好長一段時間，口裡低語地喚著：『路易斯，路易斯！』然後嘆了口氣把照片還給我，要我放回去。你相信嗎？當我放好相片回過頭來一看，她已經睡著了，睡得像個嬰兒一樣的香甜。」

「你認為這是她丈夫嗎？」荷普金好奇地問道。

「當然不是！今天早晨我不經意地問了一下碧夏太太說，已故韋爾曼先生的名字是什麼，她說是亨利。」

這兩個女人互看對方一眼。荷普金的鼻子很長，此時她的鼻尖因著興奮而微微震動著。她凝神思索著說道：「路易斯……路易斯，我不曾在這裡聽說過這個名字。」

「或許是許多年前的事了，親愛的。」奧布萊提醒她說。

「你說得對，我來到這裡的時間也不過幾年，可是我想……」

奧布萊說道：「那真是一個英俊的男人，看起來像是一個英挺的騎兵軍官。」

荷普金啜飲了一口茶說道：「這真的很有意思。」

奧布萊浪漫地說道：「也許他們年輕的時候曾在一起，卻被一個殘忍的父親硬生生地給分開了……」

「或許他最後死在戰場上。」荷普金深深嘆了口氣。

§

茶香和浪漫的想像使荷普金顯得精神煥發，當她走出韋爾曼夫人家時，瑪麗從後面趕上了她。

「噢，護士小姐，我可以和你一起走回村子嗎？」

「當然可以了，瑪麗，親愛的。」

瑪麗氣喘吁吁地說道：「我需要和你談一談，我好擔心。」

這位年歲稍長的女士溫和地看著瑪麗。二十一歲的瑪麗是個迷人的妙齡女郎，宛如一朵野玫瑰般夢幻，她有著修長而優雅的脖子，淡黃色的頭髮像柔和波浪般覆蓋著細緻的臉龐，一雙湛藍眼睛正生動地閃閃發亮。

「你遇到什麼麻煩了嗎？」荷普金問道。

「我只是覺得時間不停地在流逝，但我什麼事也沒做。」

「只要有心，沒有什麼是來不及的。」荷普金不帶感情地說。

「不，它是那麼……那麼不穩定。韋爾曼夫人待我是如此仁慈，幫我負擔這麼昂貴的學費。我覺得自己應該開始自力更生，應該接受一些訓練了。」

護士點點頭，瑪麗繼續說下去。

「再不行動，就是浪費生命。我試著把我的想法講給韋爾曼夫人聽，可是太困難了，她好像一點都不能理解，只是說時間還早呢。」

「別忘了，她是個生病的老婦人。」護士插嘴說道。

瑪麗的臉上泛起了紅暈，說道：「噢，我知道我不該去煩她。但我心裡真是不安……我爸也是，他簡直要氣瘋了，一天到晚嘲笑我想當名門淑女。我實在不想再無所事事了！」

「我知道你不想。」

「但糟糕的是，不論你想學什麼，總是得花好多錢。我的德語還不錯，也許對我是個幫助。但我其實是想當護士，我喜歡護理和照顧病患。」

「那你必須強壯得像匹馬才行。」荷普金護士理智地說。

「我身體很健康呀！而且我是真的喜歡當護士。我母親的姐妹，就是那位住在紐西蘭的姨媽，她就是護士，所以我相信自己也遺傳了這種能力。」

「你要不要學按摩呢？」荷普金建議她。「或是到北部去幫人帶小孩？你很喜歡小孩。做按摩賺的錢也很多。」

瑪麗躊躇著。

「可是學按摩的費用很昂貴，不是嗎？我希望……當然我這麼想是太貪心了，她為我所做的已經太多了。」

「你指的是韋爾曼夫人嗎？不會的！依我所見，幫助你是她的責任。她讓你受一流的教育，但那只是中看不中用。你想當個教師嗎？」

「我的才智還不足以當教師。」

「我們兩人現在可以集思廣益！你就聽我的忠告吧，瑪麗，目前你還是安於現狀較好。正如我所說，我覺得在你自力更生的最初階段，韋爾曼夫人有責任要幫助你，而且毫無疑問地，她也打算這麼做。可是問題在於她喜歡你，不想讓你離開。」
「噢，」她喘了一口氣。「你真的這樣認為？」
「我敢確定。一個半身癱瘓的可憐老太太，生活已了無樂趣，所以在自己身邊若有一個可愛的年輕女孩相伴，一定倍感寬慰，而且你照顧病人確實周到，這是不容置疑的。」
「你真的這麼認為嗎？」瑪麗低聲說道，「你這樣說我也就放心了，可愛的韋爾曼夫人……我真的是非常非常喜愛她，她對我那麼好，我願意為她做任何事。」
荷普金護士冷淡地說道：「所以你現在該做的就是留在老太太身邊，而且不要再擔心了。這樣的日子也不會太長了。」
「你的意思是……」瑪麗問，眼睛驚恐地瞪大了。
區公所護士點點頭說：「她現在還很好，但不會維持太久。很快地她會第二次發病，甚至是第三次。這種事我太了解了。所以你需要有點耐心啊，親愛的。如果你能在老太太最後這段日子裡使她快樂，生活充實，那比什麼都珍貴，其他事情以後會有時間去考慮的。」
「你真好。」瑪麗說。
荷普金護士說：「你爸爸從門房那裡走過來了……看來，他今天過得不怎麼愉快。」
他們來到沉重的大鐵門前，一個老人彎腰駝背、步履蹣跚地走了出來，荷普金親切地向他打著招呼。

「早安，傑勒德先生！你看，今天天氣真好呀。」

「呃，再好的天氣也不是為我預備的。」老傑勒德說道，「看腰痛把我折騰的。」

「我想這都是因為上星期太潮溼了。現在這種既乾燥又炎熱的氣候，會很快為你驅走疼痛的。」荷普金護士溫柔地說。

然而，她那簡短的專業解釋更加激怒了老人。

「護士，你們這些護士全都一樣，只會幸災樂禍，你們對人們的痛苦一點都不在意。而現在，連瑪麗也老說要去當護士。她之所以會這樣想，全都是因為她去了那個什麼法國、德國留學，還有學什麼鋼琴，這都是拜她出國留學所賜。」

瑪麗尖聲說道：「對我來說，醫院裡的護士工作再合適不過了！」

「噢，是嗎？對你最好的應該是什麼也不做吧！你就知道趾高氣揚地裝腔作勢，奢想優雅地做個什麼也不用動手的淑女！你好吃懶做，除此之外你什麼也不是，我親愛的女兒。」

瑪麗流著眼淚抗議著。

「你說的不是事實，爸爸！你沒有權利這樣說我。」

荷普金用緩和的口氣介入父女僵持的氣氛中。

「好了，好了，今天早晨似乎有點低氣壓。這些話都是因為身體不舒服才引起的，其實你心裡根本不是這樣想，對吧，傑勒德？瑪麗是個好女孩，她是你的好女兒。」

老頭兒惡狠狠的看了瑪麗一眼說道：「她現在已經不是我的女兒了，什麼法語課、歷史課，還有那副裝模作樣的態度。呸！」

他轉過身回到門房裡，瑪麗不停地流著淚。

「護士小姐，你都看見了，和他一起生活有多難過呀！他就是這麼不講理，從我小的時候他就這樣討厭我了，還好媽媽總是維護著我。」

荷普金護士溫柔地說：「好了，好了，這些事都是老天要考驗我們。別擔心。噢，天哪！我得快點了，我今天早上還得去巡視病人呢！」

瑪麗站在原地，望著那個漸漸隱沒的活潑身影，絕望地想著，沒有人能真正幫助自己。仁慈的荷普金護士只不過是將一番陳腔濫調說得動人一點罷了。

「我該怎麼辦？」瑪麗孤單地想。

02

韋爾曼夫人躺在豎起的枕頭上。她的呼吸有點沉重，但人是醒著的。她的眼睛和她侄女奧莉隆一樣又大又藍，它們正凝視著天花板。她是個身材高大、體態豐盈的女性，面容桀驁不馴，堅定果敢的毅力全寫在臉上，她的側臉輪廓很漂亮，帶著幾分粗獷的美。

病人的目光緩緩掃視著房間，終於停在倚窗而坐的那個女孩身上，目光頓時變得十分溫柔甚至是渴求。她開口喚著：「瑪麗……」

女孩急忙轉過身來。

「噢，你醒了，韋爾曼夫人！」

「我已經醒來一段時間了。」

「噢，我不曉得，要不然我會……」

「不要緊的，我在想……想了好多事情。」

「怎麼了，韋爾曼夫人？」瑪麗憐惜地看著她，溫柔地詢問著。這樣的關心之情，觸動著老太太的心。她面色柔和地說：「你對我體貼入微，我很喜歡你。」

「哦，韋爾曼夫人，是你對我好才對，你給了我一切。我真不知道，要是沒有你，我現在會怎樣。」

「我不知道，我確定……」病人不安地蠕動，她的右手抽搐著，左手則毫無知覺地放在一邊。「我只是盡我的力量而已，可是人很難知道到底怎麼做才算是最好、最正確，我這一生對自己的事總是太堅持了……」

「不，不。」瑪麗急忙說，「我相信你的所作所為一定是正確的，也是最好的。」

「不，不，瑪麗，你不知道，我一直對此深感困擾。瑪麗，我很高傲自負，而驕傲會使人變得無情。我們全家人都有這種傲氣，奧莉隆也有。」

瑪麗趕忙說道：「奧莉隆小姐和羅迪先生能來真好，您的精神一定能更振作起來。他們好久沒到這兒來了。」

韋爾曼夫人溫柔地說：「他們是好孩子，非常好的孩子，兩個人都愛我。我知道，只要我寫信去，他們立刻就會一起來看我，可是我不願意常常這麼做。他們年輕而快樂，美好的生活展現在他們眼前，實在沒必要讓他們太早看到疾病的折磨和等待死亡的無奈。」

「韋爾曼夫人，他們絕不會對你有這種感覺。」瑪麗說。

韋爾曼夫人繼續說道，大半像是說給自己聽。

「我很希望他們能結婚，但我從來不曾和他們談起這件事，年輕人很矛盾，說開了，反而會壞事。我覺得他們還是小孩的時候，奧莉隆就喜歡羅迪。可是我不太了解羅迪，他這個小孩很怪，他叔叔亨利也是如此，相當挑剔古怪……是的，亨利啊……」

韋爾曼夫人不作聲了，她想著自己死去的丈夫。過了一會兒，她又接著說道：「這是很久以前的事，太久太久了……我們結婚才五年，他就得肺炎過世。我們很快樂，是的，非常幸福，可是現在想起來，突然覺得那一切非常不真實。那時我是一個奇怪、嚴肅又未開竅的女孩，滿腦子都是崇拜英雄的想法，非常不切實際……」

「你一定感覺自己非常孤獨吧……後來。」瑪麗吞吞吐吐地問道。

「後來？是呀，孤獨極了。那時我才二十六歲，但現在已經六十多歲了，這真是一段漫長的歲月……親愛的，十分漫長……」她突然改變口氣。「然而現在……」

「你指的是你的病嗎？」

「是呀！我一直非常擔心自己會因中風而癱瘓，那可真是人生一大恥辱！得讓別人幫你洗臉，餵你吃飯，像個小嬰兒一般，尤其是失去了生活自理的能力，這點是最令我無法忍受的。奧布萊護士是個古道熱腸的人，每當我對她發脾氣使性子時，她從來就不會生氣，而且她比其他護士伶俐多了。可是有你在我身邊，那感受是不一樣的，瑪麗。」

「真的嗎？」這個女孩高興得脹紅了臉。「我……我太高興了，韋爾曼夫人。」

韋爾曼用銳利的目光凝視著瑪麗。

「你在擔心自己的未來，是嗎？把它交給我吧，親愛的。我會為你安排一切，讓你在經濟上獨立，並且有一份很好的職業。可是你得再稍微忍耐一陣子，現在我需要你陪在我身邊，這對我實在太重要了。」

「噢，韋爾曼夫人，當然好，當然好！我無論如何也不會扔下你不管，除非你不需要我……」

「我非常需要你。」老太太語重心長地說，「你呀就像我的女兒一樣，瑪麗。我從你小時候就看著你在杭特伯利莊長大，由一個剛學走路的小孩，變成一個討人喜歡的漂亮女孩。我為你感到驕傲，孩子，我只希望我能為你做最好的安排。」

瑪麗急忙地說：「如果你以為你讓我受這麼好的教育，提升……提升我的內涵，而我還認為你對我不夠好，或者，如果你以為我對你灌輸我——就像我父親所說的——名媛淑女的教養還不滿足，那你就誤會我了，我心中的確是非常感激你。我渴望自力更生，那是因為我覺得自己應該這麼做。我不該接受你的培養之後，什麼都不做。我……我不希望人家認為我只知道仰賴你的恩惠。」

韋爾曼夫人突然尖聲打斷了瑪麗的話。

「這就是傑勒德強迫你牢記在腦子裡的事嗎？不要管你父親，瑪麗。以前沒有、將來也不會有你『賴上我』的問題存在。我希望你為了我，在我的身邊多留一段時間。這種日子很快就會結束……假如他們有能力好好處理事情，也許我早就可以解脫了，不需要這麼多醫生護士白費工夫。」

「噢，不，韋爾曼夫人！洛德醫生說您還能活好多年呢！」

「謝謝，我可不願意！之前有一天我曾經對他說過，在這個文明的國家裡，應當有種方法能幫助人們解脫，我可以暗示他我想要就此結束，而他也可以讓我服用一些不錯的藥物，讓我沒有痛苦地離世。我還對他說：『如果你有勇氣的話，醫生，你現在就可以助我一臂之力。』」

「他怎麼回答？」瑪麗大喊著問。

「這個無禮的年輕人只是對我露齒一笑說，親愛的，我可不願為此而上絞架。他說：『不過如果你把所有財產都留給我，韋爾曼夫人，那當然就另當別論了！』真是個輕率自負的年輕人！可是我還是很喜歡他，和他談話比他開的藥物對我更有效。」

「是呀，他人很不錯。」瑪麗說，「奧布萊護士非常崇拜他，荷普金也一樣。」

韋爾曼夫人說：「以荷普金的年齡來說，她應當再長進些。而奧布萊就只會傻笑著說：『噢，醫生！』然後在他走近身邊時，拚命搔首弄姿。」

「可憐的奧布萊護士。」

「她的品行不壞，但護士就是讓我煩心；她們老是以為凌晨五點的時候你會想要『來杯好喝的茶』！」她停了下來。「那是什麼聲音，汽車嗎？」

瑪麗向窗外望去。

「是的，是汽車，奧莉隆小姐和羅迪先生來了。」

§

韋爾曼夫人和侄女在談話。

「我真為你和羅迪高興，奧莉隆。」

奧莉隆微微一笑。

「我就知道你會高興，蘿拉姑媽。」

老太太遲疑了一下，問道：「你……愛他嗎，奧莉隆？」

女孩細長的眉毛微微向上一揚，說道：「當然愛了。」

韋爾曼夫人忙著說道：「你得原諒我這麼問，親愛的。你知道，你個性太內斂了，有時很難讓人看出你在想些什麼，有什麼感受。你和羅迪還小的時候，我覺得你喜歡過羅迪，很喜歡……」奧莉隆．克里修細緻的眉毛挑了一下。「是的，這是很不智的。後來你出國留學，我很高興。你回來後對羅迪的態度改變了不少，奇怪的是，這竟令我感到遺憾。我是個嘮叨的老太婆，很難取悅，也許是我多想，我總認為你有一種強烈的個性，這在我們家族中可不少見，不過有這種個性的人都活得不太快樂……說到你自國外回來後對羅迪的態度改變，這反而使我感到不安，是因為我真心希望你們兩人可以在一起。真是謝天謝地，一切天從人願，你是真的愛他吧？」

奧莉隆平靜而認真地回答道：「我很愛他，但不像以前那般迷戀。」

韋爾曼夫人贊同地點一點頭。

「如果是這樣，我想你會幸福。羅迪需要愛情，然而他討厭太熾烈的激情，占有欲過強會嚇跑他。」

「你知道羅迪人很好。」奧莉隆感性地說。

「如果羅迪在乎你的程度，比你在乎他更多一些，那就太完美了。」韋爾曼夫人說。

「亞佳莎姑媽的銘言是：『永遠別讓你的男朋友猜透你的心思！』」奧莉隆說。

韋爾曼夫人注視著侄女，突然急切地問道：「你不快樂嗎，孩子？哪裡不對了嗎？」

「不，沒什麼。」

「你是不是認為我很俗氣？親愛的，你是如此年輕又敏感。人生，恐怕就是很俗氣。」

奧莉隆有些感傷地說：「也許真是如此。」

過一會兒，韋爾曼夫人又問道：「我的孩子，你是真的不開心。到底為了什麼事？」

「噢，真的沒有，姑媽，真的沒什麼。」

奧莉隆站起來，走到窗前，倚在那裡回頭問道：「你坦白告訴我實話，蘿拉姑媽，你認為愛情真是件令人快樂的事嗎？」

韋爾曼夫人的臉色嚴肅了起來。

「在你所指的這個意義上，不，或許不是。當你深愛一個人的時候，你所承受的痛苦往往多於歡樂。可是不管怎麼樣，奧莉隆，人不曾經過這番體驗，他的人生就不算完整。任何人若是沒有真正愛過，那我可以說，他就不算真的活過……」

女孩點點頭。

「是的，你是了解的，你知道那種滋味……」她突然轉過身來，眼神充滿疑惑。「蘿拉姑媽……」

紅髮的奧布萊護士開門進來，雀躍地說道：「韋爾曼夫人，醫生來了。」

§

洛德醫生是個三十二歲的年輕人，有一張長著雀斑的愉快面孔。他的頭髮是灰色的，下巴有稜有角。他的淡藍眼珠很敏銳，具有洞察力。

「早安，韋爾曼夫人！」他問候著。

「早安，洛德醫生，這位是我的侄女奧莉隆。」

「嗨，你好！」

醫生的臉上毫不掩飾地露出讚賞的神情。奧莉隆大方地伸出手來，而醫生則彷彿怕捏碎似地小心翼翼握了握她的手。

韋爾曼夫人繼續說道：「奧莉隆和我侄兒是專程來探望我，讓我高興一下。」

「太好了！」醫生高聲說道，「這正是你需要的，韋爾曼夫人，這對病情很有幫助。」

他仍然讚賞地看著奧莉隆。

奧莉隆走向門口，轉過身來問道：「在你離開之前我可以和你談談嗎，洛德醫生？」

「呃，好，當然可以……」

她走出去，並關上了門。

洛德醫生走近床邊，奧布萊護士則緊張得站在他身後。

韋爾曼夫人眨眨眼說：「每天玩同一套花樣：脈搏、呼吸、體溫，你們醫生根本是騙人的！」

奧布萊護士嘆了一口氣。

「噢，韋爾曼夫人，你怎麼可以對醫生說這種話？」

洛德醫生眨眨眼。

「韋爾曼夫人是看穿我了，護士！不過，韋爾曼夫人，這些檢查我還是得照做。我的問題是，我從來沒學好正確的診療禮儀。」

「你對病人的態度還算和善，事實上你還感到很驕傲呢。」

「那是你說的。」醫生咯咯咯笑道。

就在一些例行性的問答之後，洛德醫生靠回椅子，微笑著對他的病人說：「嗯，你的情況愈來愈好了！」

「你的意思是說，再過幾星期我就可以站起來，在屋子裡四處走動了？」

「沒那麼快。」

「是啊，當然了。你又在唬我了。我只能四肢躺平在床上，像個嬰兒一樣被人家照顧，這樣活著有什麼意思？」

「那到底怎樣才是所謂美好的生命？這是個值得探討的問題。你讀過那部很棒的醫學著作《小小安樂窩》吧，那小地方不能站、不能坐，甚至不能躺，誰都會認為一個人被關進去後，數週內一定就會死亡……才不呢，有個人就在那鐵籠裡住了十六年，出來後，還是長命百歲。」

「你說這故事是要告訴我什麼？」韋爾曼夫人問。

「我是要告訴你，人類都有求生存本能。若有人活不下去，那是因為他失去了生存的意志。那些看起來『還不如去死』的人，絕對沒有人願意死去。那些拚命生存下來的人最後之所以讓自己放手逝去，是因為他們已經沒有力氣再繼續奮戰了。」

「說下去。」

「沒有別的了，無論你嘴巴上怎麼說，你也是屬於想好好活下去的人。你的身體還想活下去，若你思想上反對這樣的想法，那對你是毫無益處的。」

韋爾曼夫人突然改變話題。

「你喜歡這地方嗎？」

「這裡很適合我。」洛德醫生微笑著回答。

「對於你這樣的年輕人，這裡難道不會讓你感到厭煩嗎？你不會希望自己更有成就嗎？你為何不做一個開業醫生，總不會比現在無聊吧？」

洛德醫生搖了搖頭說：「不，我喜歡我的工作。你知道，我喜歡人群，我喜歡一般家庭的病症。我不愛研究稀有的怪病，卻偏好諸如痲疹、水痘的保養治療。我樂於見到每個人的不同反應，以便改善並確認自己的處方是否有效。對我而言最大的困擾在於，我完全沒有絲毫的野心。所以我會待在這裡一直到白髮蒼蒼，住在這兒的人們會說：『當然啦，我們有洛德醫生，他可是一個老好人呢！但是他的醫術太落伍了，也許我們這次該打電話找個年輕醫生來看病，也許他……』」

「嗯，你似乎想得很遠了！」

「好了，我該走了。」洛德醫生站了起來。

「我想我侄女希望和你談一談。順口問一聲，你覺得她如何？你們以前並沒有見過面。」

洛德醫生突然臉紅，甚至連眉毛也紅了起來。他說：「我……她是一位很漂亮的女孩。而且我……呃，我認為她是個很聰明的人……」

韋爾曼夫人顯得很開心。她心裡想，這年輕人多稚嫩啊，真是……

她大聲說道：「你該結婚了，醫生。」

§

羅迪走進花園，穿過一片平坦的草地，獨自一人沿著石塊鋪成的小路走到一區區隔開的菜園。這兒草木扶疏，錯落有致：他懷疑自己和奧莉隆未來是否會住在這裡。他本人是很喜歡鄉村生活，但是奧莉隆……也許她更希望定居倫敦吧！

不太知道該怎麼和奧莉隆相處，因為她很少把自己的想法、感覺顯露出來。他就喜歡她這種調調。他很討厭人家一股腦傾吐他們的想法或感覺，好像以為你一定對他們的內心世界很感興趣。含蓄絕對是更吸引人。

說實在的，他想著，奧莉隆簡直是完美的化身，在她身上找不到任何不協調或醜惡面。看著她就令人心曠神怡，和她談話可感受她的才智，她真是一個最迷人的伴侶。

他滿足地想著：「能娶到她是我的運氣，我可不能讓她失望。」

對羅迪而言，雖然他挑剔成性，但對自己並非很有自信，所以奧莉隆後來答應要和他結婚，令他驚詫不已。

在他眼前勾畫的未來是如此絢麗，能確定自己的方向，真是值得感激的一件事。如果奧莉隆願意，他想和奧莉隆盡快結婚，但她也許不想那麼快，他也不會勉強她。在婚後的最初一段日子，也許生活會有些困難，但是也不必太過擔心。他由衷希望嬸嬸能多活幾年，她是個好人，一向關心他，也常邀請他來這兒度假，對於他的動向總是抱持極大的興趣。

他趕緊拋開嬸嬸注定會死的想法。他不喜歡正視殘酷的事實，他不願面對任何不悅的畫面……可是，呃，以後他還是樂於住在這裡，尤其是擁有萬貫家財來維持這個美麗的莊園。

他很想知道，嬸嬸將如何處置她的財產，不過這並沒有太大關係。有些女人很在意錢歸屬於哪一方，但是奧莉隆不會這樣。她很理智，也不會在金錢一事上大做文章。

「無論如何，沒有必要對這種事擔心。」羅迪想著。

他穿過用籬笆圍著的花園小門走進小樹林，雖然那兒的水仙花已經凋謝了，然而陽光透過樹叢照射在翠綠的草皮上，仍是非常美妙動人！

就在此刻，一種莫名的騷動向羅迪襲來，好像有些什麼在他平靜的心中激起一陣漣漪，他感覺到自己彷彿還缺少什麼，他需要某種，某種……

透過枝葉茂密的綠蔭灑落下來的金色陽光，加上溫和的天空，這一切帶給他一種鼓舞的情緒。羅迪覺得他血管中的血流加速，心臟跳動得更快。

就在這時，從茂密陰暗的樹叢中走出來一位女孩，她淺金黃色的鬈髮熠熠發光，雙頰泛起淡淡的柔和紅暈，宛如野薔薇花的顏色。女孩逕自向他走來。

羅迪心想，好美啊，無法形容的美……他像著了魔一樣站在那兒，失神的一動也不動。他感到世界彷彿上下顛倒般地旋轉搖動起來，一切是如此突然，不可思議，令人心醉神迷！

那女孩突然停住腳步，猶豫地走到他跟前。他呆立著，像魚一樣可笑地張開嘴巴，卻說不出話來。她不確定地說道：「你不記得我了嗎，羅迪先生？我們已經好久不見了。我是瑪麗·傑勒德，門房的女兒。」

羅迪說：「哦……哦，你是瑪麗．傑勒德？」

她說：「是的。」然後她又羞赧地說道：「我和過去不太一樣了。」

「是的。」羅迪說道，「你變了好多，我……我都認不出來了。」

他仍然看著她，對周圍的一切視而不見、聽而不聞，連身後的腳步聲也沒察覺到。可是瑪麗聽到了，她循聲望去，原來是奧莉隆。

奧莉隆佇立片刻，然後說道：「哈囉，瑪麗。」

「你好，奧莉隆小姐。很高興見到你，韋爾曼夫人一直在盼望著你們。」

「是啊。我們真的好久沒見面了，瑪麗。我……奧布萊護士要我來找你，她要把韋爾曼夫人撐起來，她說平常都是你們兩人一起弄。」

瑪麗急忙回答說：「好，我馬上去。」

她立即跑向房子，奧莉隆默默地望著她的背影。瑪麗跑得那麼輕盈，每個動作都是如此優雅。

羅迪喃喃說道：「亞特蘭姐[1]……」

奧莉隆一語不發，沉默了一兩分鐘，然後她說：「午餐時間到了，我們走吧！」

1　亞特蘭姐（Atalanta），希臘神話中善跑的女獵手。

他們並肩走向房子。

§

「好啦，瑪麗，一起去看嘛，有泰麗．嘉寶喔，很棒的電影，是在巴黎的故事，由頂尖的作家編劇，以前也演過歌劇。那可是名導演、名劇作家製作的喲！」

「謝謝，泰德，你對我真好，但是我一點也不想去。」

泰德．畢蘭不悅地說道：「我不知道你到底怎麼了，瑪麗，你最近變了好多。」

「不，我沒有，泰德。」

「你真的變了，也許是因為你在名校念了書，又去了德國，你覺得我們配不上你了。」

「你亂說，泰德，我不是像你說的那樣。」她激動地說道。

那個身材結實的年輕人心有未甘地看著她。

「是，你就是，你快要變成淑女了，瑪麗。」

瑪麗尖刻地說道：「『快要變成』表示還不是，對吧？」

男孩突然領悟似地說：「對，我想還不是。」

女孩有些惱怒地說：「那不就得了？再說，現在這個時代有誰介意這種事呢？要說真正的淑女和紳士，他們人現在正在莊園內呢！」

「你說得沒錯，但那是感覺的問題。你看起來就像是公爵夫人或伯爵夫人什麼的。」泰德說。

「你可別那樣說我。我見過的公爵夫人看來都像是古時候的人。」

「你知道我的意思。」

身材均勻窈窕、一身黑色套裝的碧夏太太突然出現在這對年輕人眼前，她目光銳利地瞥了他們一眼，泰德後退了幾步，恭敬地打招呼說：「午安，碧夏太太。」

碧夏太太和善地點頭說道：「午安，泰德。晚安，瑪麗。」

她像艘準備充足、蓄勢待發的船艦一樣，腳步不停地從旁邊走了過去。

泰德禮貌地目送著她。

瑪麗則喃喃說道：「她才像是一個高貴的公爵夫人呢！」

「是呀，她有那個架式，常害我緊張得要命。」

「不過，她好像不太喜歡我。」

「我的好女孩，你太多心了。」

「不，是真的，她真的不喜歡我，她對我說話時總是帶刺。」

「那是嫉妒你。」泰德點了點頭說道。

「也許你說得對……」瑪麗不解地說道。

「那當然了，她在這莊園當管家也好幾年了。莊園的每個人都歸她管，但如今年邁的女主人韋爾曼夫人特別喜歡你，她當然火大啦！就是這樣。」

瑪麗緊皺額頭說道：「我實在太傻了，我不能忍受別人不喜歡我，我一心希望能讓大家開心。」

「女人當然不可能會喜歡你，瑪麗！因為你太漂亮了，那些醋罈子一定會嫉妒你。」

「現在我知道嫉妒的可怕了。」

「是呀，但它又總是四處存在。上週我看了一部電影，是說一個妻子被百萬富翁冷落了，於是她假裝不忠於他，這時出現了另一個傢伙……」

「對不起，泰德，我該走了，我快遲到了。」

「你要上哪兒去？」

「我得去和荷普金護士喝下午茶。」

泰德做了個鬼臉。

「實在可笑，她是村子裡最愛說長道短的女人，一天到晚伸長鼻子到處嗅、到處聞。」

「她對我一向很好。」

「呃，我不是說她不好，但她實在太愛說閒話。」

「再見，泰德。」

瑪麗急忙地離開，泰德凝視著她的背影，眼神帶著些許不滿。

§

荷普金住在村子盡頭的一所小屋子裡，瑪麗到達的時候，她才剛回到家。

「啊，你來了。我今天回來晚了一點。考爾德老太太最近又不大好了，害我來不及換衣服。噢，我剛才看見你和泰德在街口。」

「是呀……」瑪麗無精打采地回答。

荷普金彎下腰點燃瓦斯，並放上茶壺燒水，她抬起頭說道：「他剛才是不是說了什麼奇怪的話，瑪麗？」

「沒什麼，他問我要不要去看電影。」

荷普金很快地說：「他是個好青年，車庫的工作做得很不錯，再說他父親也比附近其他的農場主人更富有些。可是，親愛的，如果你就這樣嫁了他，實在是太可惜了。以你所受的教育，我要是你就會從事按摩工作。這是個有趣的職業，收入不錯，能和各種人接觸，而且工作時間可以自行安排。」

「我會再想想。」瑪麗說道，「前幾天韋爾曼夫人和我談過，她很關心這事。你上次猜得一點都沒錯，韋爾曼夫人並不希望我現在離開，她叫我不必為未來擔憂，她表示會幫助我獨立。」

荷普金不信任地說：「希望她把自己所說的話白紙黑字記下來。你知道，病人的話有時不太可靠。」

瑪麗問道：「你認為，碧夏太太是真的不喜歡我，還是出於我的錯覺？」

荷普金護士想了一下，說：「也許是酸葡萄心理吧，她不喜歡看到年輕人高興或者別人對他們好。仔細想想，也許韋爾曼夫人對你是有點過分疼愛吧！」她笑起來了。「如果我是你，我才不擔心呢，我親愛的瑪麗。幫我把那個袋子打開好嗎？裡面是一些甜甜圈。」

03

昨天夜裡你姑媽第二次中風，生命暫無直接威脅，但建議盡快回來一趟。

洛德

奧莉隆接到電報之後，馬上打電話給羅迪，現在他們兩人正坐在前往杭特伯利莊的火車上。

自他們從杭特伯利莊回來後，這一週以來，奧莉隆很少遇到羅迪。在短暫的兩次見面中，雙方都感到很不自然。羅迪送給奧莉隆一大束長莖玫瑰，這是以前從未有過的；有一次當他們共進晚餐時，羅迪顯得比以往更殷勤，他關照她喜愛的食物和飲料，還周到地幫她穿、脫大衣。奧莉隆覺得他好像在扮演戲劇中某個深情未婚夫的角色。

不過她又馬上糾正自己。「別傻了，沒有什麼不對勁，這只不過是你的錯覺，只是你占有、多疑的心理在作祟。」

但不能否認的是，她對羅迪的態度變得更冷淡了，甚至比以前疏遠。

如今，因著這封突然而來的緊急電報，一週以來的陰霾已逝，他們又和往常一樣自在地聊著天。

羅迪說：「可憐的老太太，我們前不久看到她的時候，看起來還很好。」

「我真替她難受。」奧莉隆開始說，「我知道她討厭自己是個病人，但這次發作後，恐怕她癱瘓得更厲害了，這對個性剛烈的她而言簡直是折磨。說實在的，羅迪，如果病人自己願意的話，應當設法使處在這種狀態的人脫離苦海。」

「你說得對，這是比較文明的做法，對動物而言，安樂死可使牠們解脫痛苦。但是，對人類而言就沒這麼簡單了。因為，這樣一來將誘使病患家屬為了金錢而謀財害命，甚至是在親屬病情尚未嚴重的時候。」

「但是，這樣的事只有醫生才能做決定。」奧莉隆若有所思地說。

「不過，醫生也有可能被收買。」

「像洛德這樣的醫生，我想是可以信賴的。」

羅迪點點頭，漫不經心地說道：「是啊，他似乎是個光明磊落的好人。」

§

洛德醫生俯身站在韋爾曼夫人床前，身後站著奧布萊護士。他皺著眉頭，試著了解病人口中發出的聲音是什麼。他說：「是，是，你不要激動，我們慢慢來，如果你的回答是『對』的話，就稍微動一下你的右手。是不是有些事你不放心？」

韋爾曼夫人動了動右手。

「緊急嗎？是。是想做什麼事？還是你想見誰呢？是克里修小姐？還有韋爾曼先生？他們正在前來這裡的途中。」

韋爾曼夫人不連貫地試著說些什麼，洛德注意地聽。

「你希望他們回來，但問題不是這個？你還想見其他什麼人嗎？一位親屬？不是。是和生意有關嗎？噢，我懂了，是與財產有關的事？律師，你想見律師對嗎？有事要囑咐他？好了，好了，請放心，時間還很多，你現在說的是奧莉隆嗎？」

他猜出了病人說的是誰。

「奧莉隆認識你的律師？她會去聯絡他？太好了，再過半小時奧莉隆小姐就到了，我會轉告她你的交代。到時候我和她一起來，我們會把一切安排妥當。別再擔心了，把事情交給我處理。」

床上的病人終於放鬆了身體。過了一會兒，醫生安靜地走到樓梯平台上，奧布萊護士跟在他後面。這時荷普金護士正好上樓，他向她點了點頭，她則氣喘吁吁地說道：「晚安，醫生。」

「晚安。」

他們三人走進隔壁奧布萊護士的房裡，洛德醫生對荷普金護士做了必要的指示：荷普金今晚留下，替奧布萊值夜班。

「明天我要去史坦福協助控制白喉的流行，目前那裡人手不足。」

洛德醫生下完指令（護士們恭謹聽令，常令洛德醫生心中暗喜），便下樓去迎接病人的親屬，因為根據他的估計，他們馬上就要到了。

在客廳裡他遇到了面色蒼白、憂慮不安的瑪麗。瑪麗問道：「她好一點了嗎？」

「我保證她今晚可以安然無恙，我所能做的也就是如此了。」洛德醫生回答。

瑪麗聲音顫抖地說道：「這太殘酷、太不公平了……」

醫生同情地點點頭，說道：「是啊，事情常常是這樣。我想……」他停了下來。「是什麼聲音，是汽車嗎？」

洛德朝大門迅速走去，瑪麗則跑上樓去。

奧莉隆一進客廳，就立刻呼喊地問道：「她病情很重嗎？」

一旁的羅迪看起來既蒼白又惴惴不安。

醫生簡單而慎重地答道：「恐怕是的，我想這對你是個突如其來的打擊。她嚴重癱瘓，說的話幾乎無法辨識。但是，她很為某些事擔心，她要求派人去請律師。你知道她指的是哪位嗎，奧莉隆小姐？」

奧莉隆毫不猶豫地答道：「是在布魯姆斯貝利廣場的塞登先生。可是，現在已經是晚上，他一定下班了，我又不知道他家的地址。」

洛德醫生安撫地說道：「時間還夠，這件事可以明天去辦。不過，當務之急是使病人盡可能地放心休息。我想，奧莉隆小姐，我們一起上樓去，如此應該能使她安心。」

「沒問題，我立刻上去。」

「我不需要上去吧？」羅迪試探地問。

他自己覺得有些慚愧，因為他不忍心看到蘿拉嬸嬸不能言語、軟弱無助地躺在病床上。

洛德醫生撫慰他說：「那倒不需要，羅迪先生，現在不宜有太多人去看她。」

羅迪鬆了一口氣。

於是醫生和奧莉隆上樓去了，房內有奧布萊護士陪著。

蘿拉．韋爾曼夫人不省人事地躺在床上，正呼吸沉重地打鼾著，奧莉隆俯身在她面前，吃驚地看著姑媽那張扭曲走樣的面孔。

突然韋爾曼夫人的右眼動了一下，睜開了。她好像認出奧莉隆，臉上有了一絲變化。她試著開口。

「奧莉隆……」

但是接下來就聽不出她想表達些什麼。

奧莉隆急忙說道：「我在這兒，蘿拉姑媽。你不放心什麼事嗎？你希望我去請塞登先生來嗎？」

回答的是含糊不清的嘶啞聲。奧莉隆猜測著它們的意思。

「瑪麗·傑勒德？」

病人顫抖的右手同意地顫動了一下，然後病人的嘴唇又發出一陣含糊不清的聲音。洛德醫生和奧莉隆皺著眉，無助地一次又一次全神貫注聽著。終於奧莉隆聽懂了一個字眼。

「關照？你希望在你的遺囑中關照一下瑪麗？要留給她一些錢？我懂了，親愛的姑媽。這很簡單，塞登先生明天會來，一切都會按照你的心願去辦。」

奄奄一息的病人終於鬆了一口氣，苦惱絕望的眼神也從她迫切的目光中消逝。奧莉隆握著姑媽的手，她感到病人的手指微弱地握了一下，然後病人費力地說道：「你……全部……你……」

「好，好，你就全部交給我吧，我會照你的心願安排好一切的事。」

奧莉隆再次感應到病人的手指握了她一下又鬆開，然後便眼皮垂下且緊閉著。洛德醫生輕輕拖著奧莉隆的手走出房間，值班的奧布萊護士又在床邊坐了下來。

瑪麗正站在外面的樓梯平台上與荷普金護士說話。她向前走來。

「噢，洛德醫生，請讓我進去看她好嗎？」

醫生點點頭說道：「不過千萬千萬要保持安靜，不要驚動病人。」

瑪麗走進病人的房間。

洛德醫生對奧莉隆說：「你坐的火車誤點了，你……」突然他沉默了。

奧莉隆正轉頭目送瑪麗走進去，忽然發現醫生沉默不語了，便把頭又轉回來，困惑地看向他，卻發現醫生也在盯著她瞧，而且臉上有些迷茫的神情。奧莉隆窘迫得臉紅了，忙說道：「請原諒，醫生，你剛才說了什麼？」

洛德慢慢地回答道：「我剛才說了什麼？噢，我不記得了。奧莉隆小姐，你能來真是太好了，」他感動地說，「反應敏捷，安穩可靠，什麼都難不倒你。」

荷普金護士那裡傳出一陣微弱地抽鼻聲。

奧莉隆說道：「可憐的老姑媽，我真不願看她受苦。」

「我了解。但你外表完全看不出來，你的自制力一定很強。」

奧莉隆嘴抿成一條線說：「我一直學著不要……表露情感。」

醫生緩緩說道：「面具戴久了，必然也會脫落……」

荷普金護士衝進浴室。

奧莉隆揚著眉毛看著他說：「面具？」

「人的臉多少就是一張面具。」洛德說。

「那在面具之下呢？」

「在面具之下才是一個男人或女人的原始面孔。」

奧莉隆迅速轉身朝樓下走去，洛德則帶著嚴肅而困惑的表情跟在後面。羅迪在樓下客廳等他們。

「如何？」他憂心忡忡地問。

「可憐的姑媽，看她那樣痛苦真是讓我很難受……我得待在這裡，一直到……到她要求看你。」

「她有沒有什麼……特別的要求呢？」羅迪著急地問。

醫生對奧莉隆說道：「我該走了，目前沒有什麼可以做的，明天一早我再來。再見，奧莉隆小姐，希望你不要……太過擔心。」

他握著奧莉隆的手，沒有立即放開。他有一種奇怪的安定力量。他看著她，那眼光讓奧莉隆心中不禁納悶，覺得他像在可憐她似的。

大門關上後，羅迪向奧莉隆再次提出他的問題。

奧莉隆說：「蘿拉姑媽不放心財務上的事。我為了安撫她，就告訴她明天塞登先生就會來了，我們會打電話給他。」

「她想重新寫一份遺囑嗎？」羅迪問道。

「她沒提這件事。」

「那她說了……」

他沒說完就停下了。

瑪麗正跑下樓來。她急速穿過客廳，消失在廚房一角。奧莉隆聲音沙啞地說道：「嗯？你想問什麼？」

羅迪含糊地說：「我……什麼？我忘記了！」

羅迪依然望著瑪麗走進去的那道門。奧莉隆的手緊握，她握得是那樣緊，甚至可以感到銳利的長指甲刺入了手心。她的腦海中迴旋著：「我再也忍不下去了，我不能忍受了……這不是我的錯覺……是真的！羅迪，羅迪，我不能失去你……」她又想到：「那個人，那個醫生……在我臉上看到什麼了？他是看出什麼了……噢，天啊，老天對我太殘忍了……竟讓我承受這般痛楚。說點什麼吧，笨蛋，振作起來！」

她平靜但朗聲說：「晚餐我不吃了，羅迪，我不怎麼餓。我想去陪陪姑媽，順便把護士換下來休息。」

「你要我和她們吃飯？」羅迪警覺地說。

「她們又不會吃了你！」奧莉隆冷酷地說。

「那你呢？你總不能什麼都不吃吧！我們何不先用餐，再換她們下來？」

「不要了，就這麼辦吧，」奧莉隆煩躁地說道，「她們很敏感的。」

她想道：我已經沒辦法單獨和他坐在一起用餐了……無法自然地和他說話、相處……

奧莉隆不耐煩地說：「別管我要怎麼做吧！」

04

第二天早晨，叫醒奧莉隆的不是女僕，而是管家碧夏太太，她身穿瑟瑟作響的老式黑衣，滿臉淚痕地說：「噢，奧莉隆小姐，她死了……」

「你說什麼？」奧莉隆坐直起來。

「你親愛的姑媽，韋爾曼太太，我善良的女主人，昨晚在睡夢中死了。」

「蘿拉姑媽？死了？」

奧莉隆不可置信地睜大眼睛，碧夏太太放聲哭了起來。

「想想看有多少年，我在這兒已經十八年了！實在沒想到結果會是如此……」

奧莉隆緩慢地說：「那麼，我姑媽是在睡夢中死去的囉？走得很安詳……這真是上帝的恩典。」

碧夏太太又傷心地大哭起來。

「死得這麼突然，醫生昨天還說他今天一早就來，一切就和往常一樣……」

奧莉隆打斷了碧夏太太的話：「不能說是突然，畢竟她已經病了好一段時間，我倒是感謝老天，如此一來她就不用再受苦了。」

碧夏太太流著淚說那倒是真的值得感謝。她說：「誰去通知羅迪先生？」

「我去。」奧莉隆說。

奧莉隆披上睡袍走到羅迪的房間前敲門。他回答：「請進。」

她進去了。

「蘿拉姑媽死了，羅迪。她是在睡夢中死去的。」

羅迪坐起身來，嘆了口氣說道：「可憐的嬸嬸！感謝上帝。如果一直維持昨天那種狀態苟延殘喘下去，那就太令人不忍了。」

奧莉隆生硬地說：「我不知道你昨天有進去看她。」

羅迪不好意思地點點頭說道：「說真的，奧莉隆，那時我真的深感恐懼，怕會臨場脫逃。我是昨天晚上進去嬸嬸房間的，那個胖胖的護士正好為了什麼事走出房間——她手裡拿著一個熱水瓶下樓——我便溜了進去，因此她不知道我去過。我進去看了嬸嬸一眼，就又聽到護士上樓的腳步聲，所以我悄悄地離開了。她的樣子很可怕。」

「是的。」奧莉隆點點頭。

「她一定十分痛恨自己變成那個樣子，絕對一刻都無法忍受。」

「沒錯。」

羅迪說：「太妙了，我們兩個的看法總是那麼一致。」

奧莉隆低聲說：「是呀。」

「此刻你一定和我一樣，深深感謝上帝終於讓她完全解脫了……」

奧莉隆默默地點點頭。

§

「怎麼了，荷普金護士？你在找什麼東西？」奧布萊護士問道。

荷普金護士紅著臉在藥箱裡翻來翻去，昨天晚上她把這個藥箱忘在門廳裡了。

「真是惱人，我怎麼會做出這種事，真難想像！」

「發生什麼事了？」

荷普金護士不解地回答道：「就是那個患惡性腫瘤的伊莉莎．賴金啦，每天早晚我都要幫她注射嗎啡。昨天晚上我到這兒來之前，先轉到她那兒用舊玻璃管裡剩下的嗎啡為她打了最後一劑。但我可以發誓，當時我還有一根新玻璃管放在藥箱裡。」

「你再找找看，這些玻璃管體積都很小。」

荷普金護士又仔細檢查了一遍藥箱裡的東西。

「沒有，沒在裡面，我一定是把它忘在家裡的櫥櫃裡了。說真的，我還是相信我的記憶力！我發誓我有把它帶在身邊。」

「你在來這兒的途中，是不是曾隨手把藥箱放在別的地方？」

「絕對沒有！」荷普金護士斬釘截鐵地說道。

「好吧，親愛的，這沒影響吧？」

「哦，當然，我唯一放過藥箱的地方就是這個門廳，而這裡的人是不會幹順手牽羊這種事的。但我還是很懊惱；何況我還得走很遠的路回家一趟，然後再走回來。」

奧布萊護士說道：「你昨天已經忙了一晚了，白天不要再過於勞累。可憐的韋爾曼夫人，我本來就想她應該不會拖太久。」

「我也是這樣想，但是我敢說，醫生一定感覺到很意外。」

奧布萊護士不太高興地說道：「他對自己的病人總要抱著希望嘛。」

荷普金護士在離開前說道：「洛德醫生還年輕，他的經驗沒有我們豐富。」

護士沉重地說完，就隨手關上門走了。

§

洛德醫生無法置信地挑高眉毛，幾乎直達髮際。他訝異地說：「所以，她就在睡夢中死了，啊？」

「是的，醫生。」

奧布萊護士很想衝口稟報細節，但她仍嚴守紀律地等待著。

「睡夢中？」

醫生陷入了沉思，片刻之後，突然喊了一聲：「拿點開水來！」

奧布萊護士嚇了一跳，也很困惑。然而她受過專業的訓練，知道現在不是提問題的時候。如果一個醫生指示她去取來鱷魚皮，她也只能低聲乖乖地說：「是的，醫生。」然後順從地去處理這個指示。

§

羅迪．韋爾曼問：「你的意思是說，我嬸嬸死前並沒有預立遺囑……她從未立下遺囑？」

塞登先生細心地擦拭著鏡片，肯定地說道：「就是這樣。」

「但這太奇怪了！」

律師不同意地咳了一聲說道：「這件事沒什麼奇怪的，常常發生這種事，說穿了，就是迷信作祟罷了。人們總是以為自己還能活很久，何必沒事立個遺囑，萬一一語成讖怎麼辦？這觀念很不理性，但很多人就是這麼想！」

「難道你不曾……不曾勸她，呃，立個遺囑？」羅迪說。

塞登先生說：「常常。」

「那她都怎麼說？」

「通常她都說時間還多著，她還沒打算要死。她心中尚未決定要如何處理財產。」

「可是，在第一次發病後……」奧莉隆插話說道。

「哦，更糟，病情惡化後，她連聽都不想聽。」

塞登搖搖頭。

「這不是很怪嗎？」羅迪說。

「哦，不會，這很正常，她的病弱讓她更加神經質。」塞登又說。

「但她老說想一死了之……」

塞登先生擦擦眼鏡，說道：「哦，親愛的奧莉隆小姐，人類的心智結構是很奧妙的。韋爾曼夫人或許真的想一死解脫，但心中不時抱著完全復原的渴望。就是基於這種渴望，她更會把立遺囑看作是不吉利的事。與其說她不想立遺囑，倒不如說她是想無限期的拖延下去罷了。你應該知道。」

塞登先生突然親切地向羅迪說道：「一個人非處理那些討厭或不敢面對的事情時，會這麼拖延吧？」

羅迪的臉紅了，他喃喃說道：「是，我……我……是的，你說得沒錯，我懂你的意思。」

「是呀，」塞登先生說，「韋爾曼夫人總想著要立個遺囑，但每個明天永遠比今天適合。她總覺得時間還很多。」

奧莉隆若有所思地說道：「所以，姑媽昨天晚上才會那樣不安，那麼急於派人快些把你找來……」

「一定是如此。」律師說。

羅迪不解地問道：「那現在該怎麼辦呢？」

「你說的是韋爾曼夫人的遺產嗎？」塞登咳了一聲。「既然她沒留下遺囑就死了，那麼她所有的財產應由她的近親來繼承，也就是奧莉隆小姐。」

奧莉隆繼續說道：「全部給我？」

「國家還要抽稅。」塞登律師解釋道。

「財產中沒有不動產和基金，全由韋爾曼夫人自由支配，而這些金錢全數由奧莉隆小姐繼承，恐怕得付上一大筆遺產稅，但剩下的仍是一筆為數可觀的財產。我建議你投資在一些績優股上。」塞登最後說道。

「可是，羅迪……」奧莉隆開口說道。

律師抱歉地咳了一聲說道：「羅迪先生只是韋爾曼夫人丈夫的侄子，並沒有血緣關係。」

「沒錯。」羅迪說。

奧莉隆緩慢地說道：「當然，誰繼承都沒關係，反正我們已經準備要結婚了。」她並沒有看向羅迪。

塞登先生說：「正是。」他說得很快。

§

塞登先生走了之後，奧莉隆說：「這沒關係吧？是嗎，羅迪？」奧莉隆幾近懇求地問。

塞登先生這時已經離開了，羅迪的臉緊張的扭曲著。他說：「本來就該是你的，你拿才是對的。老天，奧莉隆，千萬別認為我會懷恨，我才不稀罕那些錢！」

奧莉隆口氣中隱含著不安。

「我們在倫敦的時候談過，誰繼承這筆錢都無所謂，因為，因為我們就要結婚了……」

他沒有回答。

她追問道：「你不記得這件事了嗎？」

「記得。」他說

他低頭看著自己的腳，臉色蒼白，悶悶不樂，嘴唇痛苦地抿成一線。奧莉隆突然勇敢地昂起頭來說：「沒關係，假如我們結婚的話……可是，我們會嗎，羅迪？」

「我們會什麼？」

「我們會結婚嗎？」

「我們不是說好了嗎？」羅迪很冷淡，甚至有點生氣。「那是當然了，奧莉隆，如果你現在改變主意了……」

奧莉隆叫道：「噢，羅迪，難道你不能坦誠一點嗎？」

羅迪畏縮了起來。「我不知道自己到底是怎麼了……」他壓抑地說。

「我知道。」奧莉隆喃喃自語。

羅迪很快地說：「也許是我不喜歡靠妻子的錢來生活。」

奧莉隆的臉色轉白了，她說：「問題不在這兒，還有別的理由……」她突然不作聲，又再說道：「是因為瑪麗，對嗎？」

羅迪心慌意亂地低聲說：「好像是的，不過，你怎麼猜到的？」

奧莉隆噘著嘴，怪怪地笑道：「這不難猜……從每一次你看她的表情就可以知道了。」

剎那間，他慌亂了起來。

「噢，奧莉隆，連我自己也搞不清楚，我想我是瘋了。那一天我第一次在樹林裡看到瑪麗，看到她的臉……周圍的一切彷彿上下顛倒了似的，你不會了解的……」

「我能夠了解，繼續說。」

羅迪無助地說：「請你相信，我並不想去愛她……我和你在一起非常快樂！噢，親愛的奧莉隆，我是個卑鄙的男人，居然還對你說這些……」

「別胡說了，繼續，都告訴我。」

他激動地說：「你是如此完美，跟你談話總是獲益良多，我是那麼喜歡你，奧莉隆！這點你一定要相信我。愛上瑪麗，那純粹是鬼迷心竅，它顛覆了所有的事，顛覆了我對生活的信念、我對事物的品味，我……它顛覆了我原本秩序井然的世界……」

奧莉隆平和地說道：「愛情，本來就是非理性的……」

羅迪可憐地說道：「是啊……」

奧莉隆聲音顫抖地問道：「你對瑪麗說過什麼了嗎？」

「今天早晨，我沒頭沒腦，像個傻瓜……」

「哦？」

「當然，瑪麗馬上要我閉嘴。她嚇壞了，因為蘿拉嬸嬸和你……」

奧莉隆從手上摘下訂婚鑽戒，說道：「我想你還是把它拿回去好了，羅迪。」

羅迪接過戒指，避開奧莉隆的視線，低聲說：「奧莉隆，你不知道我覺得自己有多麼卑鄙。」

奧莉隆仍然平靜地說：「你想瑪麗會嫁給你嗎？」

羅迪搖了搖頭說：「我不知道，現在當然不可能，她還不怎麼喜歡我；不過，也許以後會漸漸……」

「我想你說得對。你要給她一點時間，暫時先不要和她見面……然後，再重新試試。」

「奧莉隆，親愛的，你是我最好的朋友了！」他感動地突然拉起奧莉隆的手吻了一下。

「你知道嗎，奧莉隆，我真的是愛你的，至今一點也沒有減少！有時候我覺得瑪麗像是夢中的幻影，我真希望可以快點從夢中醒來，然後發現她並不存在……」

奧莉隆說：「假如她不存在……」

羅迪突然感性地說：「有時我真的希望她不存在……你和我，只屬於彼此。我們確是彼此相屬，對吧？」

「哦，是的……我們彼此相屬。」

除非，她想，瑪麗不存在……

05

「那是一場很美的葬禮。」荷普金護士感傷地說。

奧布萊護士十分贊同荷普金護士的看法，她說：「那還用說，想想那些花！你見過那麼美麗的花朵嗎？百合花紮成的豎琴，配上黃玫瑰做的十字架，太美了！」

荷普金護士嘆了口氣，然後在自己的蛋糕上塗了些奶油。這兩個護士正坐在藍雀咖啡館裡。荷普金護士又接著說道：「克里修小姐真大方，她送了我一件很好的禮物，雖然對她而言根本沒這個必要。」

「她是一位善良大方的女孩。」奧布萊誠摯地附和，「我憎恨吝嗇的人！」

「呃，她可是繼承了龐大的遺產。」荷普金說。

奧布萊護士說：「我懷疑……」說到一半她便停住了。

「怎樣？」荷普金催促道。

「實在奇怪，老太太竟然沒有立下遺囑。」

荷普金緊接著說道：「是怪啊，每個人生前都應該要立下遺囑！若不這樣做，就免不了會發生不愉快的事。」

「我猜想，」奧布萊護士接下去說，「假如她有立遺囑，那麼她會如何分配財產呢？」

「我只知道一件事，她會留下一筆錢給瑪麗——瑪麗．傑勒德。」荷普金護士很有把握地說。

「對，沒錯，你說得對，」奧布萊興奮異常地附和道，「荷普金護士，那晚我不是告訴過你，可憐的老太太怕是撐不久了，醫生努力讓她平靜，而奧莉隆小姐緊握著她姑媽的手，向萬能的上帝發誓，」奧布萊護士說，那愛爾蘭人獨具的想像力飛馳起來。「她很快就會請律師過來，把一切安排妥當。『瑪麗！瑪麗！』可憐的老太太說。『您是指瑪麗．傑勒德嗎？』奧莉隆小姐說，而且當場發誓會給瑪麗應得的那一份！」

荷普金護士懷疑地問：「真的是這樣嗎？」

奧布萊護士堅定地說：「就是這樣。我告訴你，我的看法是，如果老太太生前有立下遺囑，那麼它的內容一定是百分之百出人意料！誰知道她會不會把所有的財產都留給瑪麗．傑勒德！」

「我不認為她會這樣做，」荷普金護士頗為質疑。「每個人都會把財產留給血肉至親才是。」

「血肉至親，是啊，血肉至親喔。」奧布萊故弄玄虛地說。

「你這是什麼意思？」

「我不是個愛說閒話的人，我更不會破壞死者的名聲。」奧布萊慎重地說。

「我同意，禍從口出。」荷普金說，裝滿茶壺。

「順便問一下，那天你回家後找到那管嗎啡了嗎？」奧布萊關心地問。

荷普金護士面有慍色，皺著眉回答說：「沒有，想不通為何會這樣。有可能是這麼回事：我把裝嗎啡的玻璃管放在壁爐的邊緣上了……我時常這麼放，而當我關櫥櫃門的時候，玻璃管便掉到裝滿垃圾的垃圾桶裡；而在我離家前，又順手清空了垃圾桶。」她停了一下。

「一定是這樣，我想不出別的可能。」

「我懂了，一定就是如此。」奧布萊護士說道，「因為除了在莊園的門廳外，你也不曾讓藥箱離開過你。因此，應該就是你猜的那樣，它已經掉進垃圾場了。」

「正是。」荷普金說，「應該沒有別的可能了，對吧？」

她幫自己拿了塊粉紅色的蛋糕，說：「應該不會……」她停了下來。

奧布萊護士馬上點點頭同意，點得有些太快了。她安逸地說：「如果我是你，我就不會為這事太過煩心。」

荷普金回答：「我沒有煩心……」

§

奧莉隆身著黑色喪服，顯得特別年輕、嚴肅。她態度平靜地坐在姑媽書房的大寫字檯旁，面前散放著一堆文件。她才剛與女僕及女管家碧夏太太談完話。此刻，輪到瑪麗了。她猶豫地站在門口。

「你找我嗎，奧莉隆小姐？」瑪麗問。

奧莉隆抬起頭說道：「是的，瑪麗，請過來坐吧。」

瑪麗坐在奧莉隆所指的沙發上，沙發略微朝向窗戶，從窗外照進來的燦爛陽光，使瑪麗潔白的皮膚和金黃閃爍的頭髮顯得更加耀眼。奧莉隆為了擋住照射進來的刺眼光線，用手掌輕輕遮著臉，同時偷瞄著瑪麗。她想：「有人可以面對他深惡痛絕的人而不表現出自己的敵意嗎？」

奧莉隆用悅耳、辦事的口氣說道：「你可能知道，瑪麗，我姑媽相當喜歡你，並且十分關心你的將來。」

瑪麗低聲說道：「韋爾曼夫人一向對我非常好。」

奧莉隆繼續說下去。

「如果我姑媽生前曾經立下遺囑，我知道她一定會把財產分配給很多人。但既然她沒留下遺囑，便由我負責完成她的願望。我詢問過塞登先生，也聽從他的建議，依照僕人服務的年資等等按比例酌贈一些金錢。」她停了一下。「當然，你算不上是那個階級。」

她有點盼望這些話會刺傷對方，但那張臉上的表情絲毫未動。瑪麗沒聽懂那話背後的含義，而且等著聽後面的宣告。

「雖然姑媽臨終前幾乎不能說話，不過她還是盡力表達清楚了，她希望能照顧你未來的生活。」

瑪麗平靜地說：「她對我太好了。」

奧莉隆唐突地說：「為了完成她的遺願，等我正式取得繼承權後，我就立即把兩千英鎊轉到你的戶頭，你可以隨意支配這筆錢。」

瑪麗雙頰變得更加緋紅，她說：「兩千英鎊？噢，奧莉隆小姐，你實在太好了，我真不知道該說些什麼才好……」

奧莉隆尖聲說道：「我沒有什麼好的，還有，也不必多說什麼。」

瑪麗臉紅了。

「你不知道那對我有多大的影響。」她喃喃道。

「那我很高興。」

她遲疑了一下，眼光從瑪麗身上移開，盯向另一邊，然後勉強地問道：「你今後有什麼打算？」

瑪麗毫不遲疑地說道：「有的，我想去學點東西，或許是按摩吧。荷普金護士建議我去學。」

「很好，這個想法很實際。我會請塞登先生盡快撥給你一筆錢，如果可能的話，馬上就給你。」

「你實在是太好、太好了，奧莉隆小姐。」瑪麗感激地說道。

「我只不過是履行蘿拉姑媽的遺願。」奧莉隆簡短地說。她猶豫了一下，然後說道：「我看就談到這兒吧。」

這次，話中明顯的遣退之意刺入了瑪麗敏感的心靈。於是她站起來，小聲地又說了句「非常感謝你，奧莉隆小姐」，然後走出房間。

奧莉隆一動也不動地坐著，眼睛直望著前方，面無表情。誰也揣測不出她到底在想什麼。她呆坐良久，良久……

§

最後，奧莉隆站起身來去找羅迪，發現他在晨室，正站在窗戶前面。他迅速轉過身，她走向他說道：「全部完成了！給碧夏太太五百英鎊，她在這兒好多年了。廚子一百英鎊，兩個女僕各五十英鎊。其他人每人五英鎊。園丁領班史蒂芬二十五英鎊。現在就剩下門房傑勒德了，我還沒想好給他多少。有點棘手。也許給他一筆錢作為養老金之用吧。」

她稍加停頓，又繼續說道：「我給瑪麗兩千英鎊，我想姑媽也會同意這樣做，你認為呢？我覺得這個數目可以。」

羅迪避開她的目光，回答說：「是的，你做得很好，奧莉隆，你辦事一向分寸拿捏得很好。」

他又轉向窗外。奧莉隆屏住了呼吸，然後她急促地說起話來，連珠炮似的滔滔不絕。

「還有一件事，羅迪。我認為你也該得到一份，這樣做才算公平。」

他轉過身來，滿臉怒氣。她急忙說道：「不，聽好，羅迪，這純粹是公平與否的問題。那些錢是你叔叔的，他把它留給他的妻子，但當然他認為它最後一定會交到你手上。蘿拉姑媽一定也是這麼想。我從她許多次談話中，知道她有這個意思。如果我拿她那一份，那你也該拿你叔叔那一份，這樣才對。我不想有搶了你的感覺……就為了姑媽害怕立下遺囑。你一定要明白我的用心！」

羅迪柔和狹長的臉龐變得蒼白，他悻悻然地說：「我的天，奧莉隆，你就是要讓我覺得自己是個混帳，你真……真認為我會拿你那些錢？」

「我不是施捨給你，我只是力求公平。」

羅迪叫道：「我不要你的錢！」

「它們不是我的！」

「依照法律，那些錢全數歸你，這就是事實！看在老天的份上，不要每件事都分得那麼清楚！你的任何一分錢我都不要，我並不需要你的賞賜。」

「羅迪！」

他冷靜下來。

「請原諒我，親愛的，我不知道我在說些什麼，現在我心裡亂極了，好茫然……」

「可憐的羅迪……」

他又轉身過去，玩著百葉窗板，然後漫不經心地問道：「你知道……瑪麗準備做什麼嗎？」

「聽她說，想要去學按摩。」

又是一陣沉默。然後奧莉隆打起精神，仰起頭，堅定而迅速地說道：「羅迪，我要你仔細聽我說。」

他轉向她，有點吃驚。

「說吧，奧莉隆。」

「我要請你聽從我的勸告。」

「什麼勸告？」

「你最近工作不會特別忙吧？可以隨時休個假？」

「是啊！」

「那就去度個假吧，羅迪，你出國去，玩上三個月，自己去。雖然你認為你愛瑪麗……也許你真的是，然而現在和她談這個卻不是時候，你自己也很清楚。我們的婚約已經解除了，你現在是個自由人，出國去玩吧，等到三個月結束，你再以一個自由人的身分做出你的決定。到時候你就會知道你是真心愛著瑪麗，或者只是一時的迷惑。如果確認自己實在愛著瑪麗，那麼你就回來對她說，你堅定地確認自己是愛她的。或許到那時候，她會比較聽得進你的話。」

羅迪走到她跟前，握住了她的雙手。

「你人真好，奧莉隆！你的頭腦如此清醒，心地如此無私，沒有絲毫的妒怨及壞心眼。你想像不到我是如何地欽佩你。我就聽你的，到國外去走走，拋開一切，弄清楚我是真的患了癡心病，還只是鬧了一場笑話。噢，奧莉隆，你不知道我有多喜歡你。你比我好上何止千百倍。親愛的，你這麼善良，上帝一定會保佑你。」

他一時感情激動，親吻了她的面頰，隨後跑出了客廳。或許他沒有回頭看到奧莉隆臉上的表情是比較好。

§

兩天後，瑪麗告訴荷普金護士她的美好未來。這個深諳人情世故的女人熱情地祝賀她說：「瑪麗，這是個天大的幸運。老太太對你可能有很好的安排，但除非事情拍板叫定了，否則還是別高興得太早。很可能你什麼也得不到。」

「奧莉隆小姐說，韋爾曼夫人過世那晚曾告訴她，要她幫助我。」

荷普金動動鼻翼說：「或許是吧。但事過境遷，這件事可能早被忘記了！親屬間就是如此。我可以把我所看見過的事告訴你。當人們過世時，總說他們的兒女一定會完成他們的遺願，但十之八九那些好兒女總會找到很好的理由推卻，人總歸是人。如果沒有法律的約束，沒有人會願意把財富分出去！不過我告訴你，瑪麗，你還是很幸運，因為奧莉隆小姐是最正直的了。」

「但是我還是感覺，」瑪麗若有所思地說道，「她不太喜歡我。」

「這是當然的了。」荷普金直率地說道，「別一副什麼都不知道的樣子，瑪麗，羅迪先生迷上你有一陣子了。」

瑪麗的臉一下脹紅了。

荷普金繼續說道：「我看他陷得滿深的，突然這麼一下迷上你。那麼你對他呢，小女孩，你對他有感覺嗎？」

瑪麗吞吞吐吐地說道：「我……我不知道，我不覺得特別喜歡他。不過，他當然是很好的人。」

「他也不是我的理想情人類型。他是那種講究細節、神經質的男人，愛挑剔食物什麼的。男人並不是每個時候都善解人意。別太急了，瑪麗，以你的條件，你絕對可以挑選自己的最愛。奧布萊護士那天告訴我說，你應該去演電影。我聽說他們喜歡金髮的女孩。」

瑪麗皺著眉回答：「我應當怎麼面對我爸爸？他認為我應該分他一部分的錢。」

荷普金斷然地回答道：「別傻了，瑪麗。韋爾曼夫人才不會想給他那些錢。依我看，假如不是因為你，多年前他早就失去這份工作了。懶惰的男人，永遠都沒長進！」

「說起來很奇怪，」女孩思索著說道，「韋爾曼夫人這麼有錢，卻始終未曾立下遺囑分配自己的財產。」

荷普金只是搖著頭說：「很多人都這樣，真讓人想不通，總是能拖就拖。」

「在我看來是十足的不智！」

荷普金眨了下眼睛說道：「瑪麗，你自己寫了遺囑嗎？」

瑪麗詫異地瞪著她說道：「噢，沒有。」

「再不久你就滿二十一歲了。」

「但是，我……我沒什麼東西可以留下的……不過，我現在大概有了。」

荷普金尖聲說道：「你當然有，而且算是一筆小小的財富呢。」

「噢，嗯，但還不急……」

護士帶著責備的嚴厲口吻說：「你看看你，就和其他人一樣！不能仗著現在年輕健康，就以為自己不會在過馬路時被公車、遊覽車或什麼的撞到。」

瑪麗笑了。

「我甚至不知道該怎麼寫遺囑呢。」

「那很簡單，你可以到郵局拿一份格式，我們現在就去。」

她們在荷普金家裡的一張桌子上攤開了遺囑範本，並且認真研究著重要條文。荷普金護士相當樂在其中。

瑪麗問道：「如果我沒立遺囑，那麼誰會得到這筆錢呢？」

「可能是你的父親。」

瑪麗快聲說：「他得不到的。我寧願留給我在紐西蘭的姨媽。」

荷普金雀躍地說：「留給你父親也沒用，我看他也活不久了。」

瑪麗聽荷普金這麼說大概不下一百遍了，所以已經沒感覺。

「但我不記得我姨媽的住址了，好幾年沒有她的音訊。」

「這倒沒什麼關係。」荷普金安慰她說，「你知道她的名字嗎？」

「她叫瑪麗，瑪麗．賴利。」

「這不就得了，你就在遺囑上註明，你把所有的財產留給瑪麗．賴利，也就是生前設籍曼登佛德杭特伯利莊的伊莉莎．傑勒德之妹。」

瑪麗俯身在遺囑上寫起來。當她寫到最後，突然打了一個冷顫。有個身影遮住了陽光。她抬起頭，發現奧莉隆正站在窗外往裡看。

奧莉隆問道：「你們在做什麼？」

荷普金笑著回答說：「她正在立遺囑。」

「立遺囑？」

奧莉隆突然間笑了起來，她的笑聲很奇怪，近似歇斯底里般地狂笑。她問道：「瑪麗，你在立自己的遺囑啊？好笑，真是好笑……」

奧莉隆笑著轉身離開，沿著街道走去。

荷普金護士說：「你看到了沒？她是怎麼了？」

§

奧莉隆仍笑著，走了幾步，突然有人從後面抓住她的手臂，她猛然停住腳步轉過身去。

洛德醫生微微皺著眉，直視著她。

「你在笑什麼？」醫生不客氣地問道。

奧莉隆說：「我……我也不知道。」

「這是什麼傻話！」

奧莉隆脹紅了臉，回答說：「我大概是有點神經緊張什麼的。我剛才朝荷普金護士的屋裡看了一眼，發現瑪麗在寫遺囑，不知道為了什麼，這件事令我覺得很好笑！」

「『不知道為了什麼』？」洛德馬上問道。

「好糗，我說了，我有點神經緊張。」

「那我開個藥給你。」

「唯藥是用，是吧？」奧莉隆犀利地說道。

洛德放鬆地笑道：「其實沒用，我承認。但既然人家不願意對我吐露心事，我也只有這個辦法了。」

「我真的沒有什麼事。」

「你有很多心事。」洛德平靜地說。

「或許是我心中累積了許多壓力吧。」

他說：「我知道你心中壓抑了許多事，但我不是指這個。」他停了一下。「你……你還會在這兒待上一段時間嗎？」

「我明天就離開了。」

「你不想住在這裡？」

奧莉隆搖搖頭。

「不，從沒想過。其實若有人出了好價錢，也許……也許我會賣了這裡。」

洛德輕聲說道：「這樣啊……」

「我得回去了。」

她說著，直直伸出手。洛德握住沒有立刻放開，他認真慎重地問道：「奧莉隆小姐，請你告訴我，你剛才在笑的時候，到底腦子裡在想什麼？」

奧莉隆猛然抽回手說：「你以為我會在想什麼？」

「那正是我想知道的。」他的臉色沉重且不悅。

奧莉隆不耐煩地說：「我只不過是感到很好笑，就這樣而已！」

「你是指瑪麗立遺囑這件事嗎？為什麼呢？這是相當明智的做法，可以省去很多麻煩。當然啦，有時它也會『製造』麻煩！」

奧莉隆煩躁地說：「當然，每個人都應該預立遺囑，我不反對。」

「像韋爾曼夫人就應該預先立好遺囑。」洛德醫生說。

「的確。」

奧莉隆心有所感地回答，臉發紅了。

洛德醫生突然問道：「那你呢？」

「我？」

「你剛才不是說，每個人都應該先立好遺囑嗎？你也立了嗎？」

她看了醫生一會兒，接著大笑起來。

「真是怪了！」女孩說道，「沒有，我從沒考慮過這種事！我簡直就像蘿拉姑媽一樣。不過，醫生，我回去後會馬上寫信給塞登先生辦這件事。」

「非常明智。」洛德說道。

§

奧莉隆坐在書房裡，看了一遍自己剛剛寫好的信。

敬愛的塞登先生，你可以為我擬一份遺囑並寄給我簽名嗎？我的遺囑內容很簡單，我要把我所有的財產毫無條件地留給羅迪・韋爾曼。

衷心感謝你的奧莉隆・克里修

奧莉隆看了一下時鐘，郵差馬上就要來了。她打開抽屜，記起郵票早上剛用完了。但她印象中好像臥室裡還有幾張。她上樓去拿。當她手裡拿著郵票回到書房時，羅迪正站在窗旁。他說：「我們明天就要離開這裡了。心愛的杭特伯利老莊園，我們曾在這兒度過許多美好的時光。」

「我打算賣掉這個莊園，你介意嗎？」

「不，不！這麼處理最好。」

之後雙方都沉默不語。奧莉隆把信拿起，再看一遍以確認無誤後，放進信封，封好開口，貼上郵票。

06

七月十四日，奧布萊護士在拉巴勒園寫給荷普金護士的信：

親愛的荷普金：

早就想寫信給你了。這是一間不錯的房子，景色也頗負盛名，但是與杭特伯利莊相較下就沒那麼舒適。在這種寥落的鄉下地方，下人不容易找。現在找來的那些女孩聒噪得很，有些還很不聽話。我相信自己不是那種愛找碴的人，但吃飯的時候，你上的飯菜總該是熱的吧？這裡沒有燒茶壺的設備，泡茶有時都不用熱水。不過，哪個地方沒有缺點？我的病人是位好脾氣的紳士，他得了嚴重的肺炎，目前已度過危險期，醫生說他很快就會康復了。

我告訴你一件不尋常的巧合，你一定會感興趣。這兒的客廳裡有架大鋼琴，上面放著一張鑲銀框的大照片。你相信嗎，它和我說過的那張照片一模一樣，就是韋爾曼夫人要我拿給她、上面簽了「路易斯」的那張。呃，這當然引起我的注意，誰不會呢？我問管家照片上的人是誰，管家說是雷特利夫人的哥哥，名叫路易斯．里克福爵士，以前住的地方好像離這兒不遠。他是在戰場上陣亡的。很令人惋惜，不是嗎？我不經意地問管家，他結過婚嗎？管家說是，但結婚沒多久，里克福爵士夫人就被送進精神病院療養。管家說這位夫人至今還活著。很有意思，不是嗎？所以囉，我們都猜錯了。路易斯和韋爾曼夫人一定相愛過，但始終不能結婚，因為妻子還住在精神病院。真像電影情節，對吧？韋爾曼夫人多少年來一直想念他，甚至臨死前也不忘再看一眼他的照片。管家說他死於一九一七年，唉，多麼羅曼蒂克呀！

你近來有沒有看麥納．洛伊那部電影？報紙說它這星期會在曼登佛德放映。這附近根本沒有電影院。噢，就這樣把生命葬送在這鄉下地方實在可怕，難怪他們找不到稱職的女僕！

暫時停筆了，寫信告訴我那裡的近況。

好友　奧布萊上

七月十四日荷普金護士在玫瑰小屋寫給奧布萊護士的信：

親愛的奧布萊，我們這兒的一切如常。杭特伯利莊荒涼一片，僕人們都離開了，因為此處正在待價而估。那天我遇見了碧夏太太，她現在住在一哩遠外的姐姐家裡，不難想像她的心情欠佳，因為這裡要被賣掉了！原本她認為奧莉隆小姐會嫁給羅迪先生，並在那裡定居。但碧夏太太說婚約取消了，奧莉隆小姐在你離開後沒多久也去了倫敦。奧莉隆小姐有一兩次態度很奇怪，真不知道怎麼了。瑪麗也去了倫敦，開始她的按摩學習課程，這選擇是對的，我認為。奧莉隆小姐會給瑪麗兩千英鎊，這對她是實質上的幫助，奧莉隆小姐真是大方。

另外，有件事妙極了。你記不記得你告訴過我，韋爾曼夫人給你看的那張簽有「路易斯」的照片的事？我和洛德醫生的前一任醫生蘭塞姆的管家史萊特太太閒聊過，她在這裡住了一輩子，當然熟悉這附近所有的貴族。我提到取教名的事，說到路易斯是個少見的名字，她提及一個住在福布斯花園的路易斯．里克福爵士，大戰期間服役於第十七梯的槍騎兵隊，在戰爭快結束時陣亡。當時我說：「他是韋爾曼夫人的摯友，是嗎？」她看我一眼說：「是呀，他們是非常親近的朋友，有人說甚至比摯友還要親，但她自己從來不提。憑什麼他們不能做朋友？當時韋爾曼夫人應該是個寡婦了。」她說得沒錯，當時她已經守寡。親愛的，我聽得出她話中有話。於是我說，那就怪了，他們為何不結婚呢？她馬上回道，他們不能結婚，因為男方的妻子住在精神病院裡。」

想到現在的人要離婚是那麼容易，你真會覺得，以前的人不能以配偶精神異常訴請離婚，實在是件殘忍的事。

你還記得那個熱烈追求瑪麗的帥哥泰德嗎？他到過我家，想問瑪麗在倫敦的地址。我沒有給他，因為我認為泰德配不上她。我不知道你是否知道，羅迪先生早已為瑪麗神魂顛倒。很遺憾，這可是會製造麻煩。我敢說那就是他和奧莉隆小姐解除婚約的原因。這對奧莉隆小姐是個打擊。我不知道她了不了解他——我很確定他不是我喜歡的類型——但根據可靠的消息來源，她對他用情很深。這真是一團糟，不是嗎？最後是她得到了全部的遺產，我相信羅迪先生一直以為自己能繼承一大筆錢。

老傑勒德身體愈來愈不行了，可是仍然是那樣粗魯，蠻橫無理。有一次他甚至說瑪麗不是他的女兒。我說：「你竟然這樣說你太太，如果我是你，我會慚愧死了。你應該為自己所說的話感到羞恥。」但他竟然看著我說：「你根本是一個笨蛋，你什麼都不懂。」我馬上反嘴痛罵他一頓。告訴你，他的妻子在婚前是韋爾曼夫人的女僕。

我上週看了《人間樂土》，很棒喲！中國女人好像都很順從忍讓。

愛你的荷普金

荷普金寄給奧布萊的明信片寫道：

想不到我們的信竟然交錯而過，真是不可思議。

奧布萊回給荷普金的明信片寫道：

剛巧今早收到你的信，太巧了！

七月十五日，羅迪寫給奧莉隆的信：

親愛的奧莉隆：

剛接到你的信。很高興你寫信來和我商討杭特伯利莊的拍賣事宜，我真的不介意賣掉它，如果你並不想住在那裡——顯然你不做此打算——這麼處理很正確。當然，要將它脫手不是很容易。對現代人的需求而言，它是嫌大了一點。當然，它已經改建為現代化的設備，跟得上潮流，還具備完善的僕人宿舍、瓦斯和電燈什麼的。總之，我先預祝你一切順利！

這裡的天氣很熱，我每天花數小時待在海邊，雖有眾多前來嬉戲的遊客，但我不想和他們來往。你曾說我是個不善交際的人，我想你說得對。我覺得人類大半是冷漠、排他的，或許這種情緒會互相感染。我一向認為只有你足堪為至善的表率。我考慮一兩個星期後要到達馬希亞走走，二十二號以後，寫給我的信件就寄到杜柏尼克的桑瑪士·庫克那裡。

既讚賞又感激你的羅迪

七月二十日，塞登先生回給奧莉隆的信：

親愛的克里修小姐：

我確信你會接受薩默維少校出價一萬二千五百英鎊購買杭特伯利莊。這麼龐大的產業在此時要拍賣實在不是件易事，而這次的價格看起來不錯。買賣要成交，常常靠的是一時衝動，而我聽說薩默維少校也在看鄰近的房子，因此我建議你立即接受他的條件。

就我所知，少校有意花三個月的時間重新裝修莊園，到那時候，過戶的手續應該已經辦妥，交易便告完成。

有關門房管理人老傑勒德和資遣費用問題，聽洛德醫生說，他的身體愈來愈不樂觀了。遺囑認證事宜尚未完成，但我已先預付一百鎊給瑪麗·傑勒德小姐。

你的朋友　艾德蒙·塞登

七月二十四日，洛德醫生寫給奧莉隆的信：

親愛的克里修小姐，老傑勒德今天過世。有任何事我可以幫忙的嗎？聽說你要把莊園賣給我們的新任議員薩默維少校。

你的朋友　洛德

七月二十五日，奧莉隆寫給瑪麗的信：

親愛的瑪麗，聽聞你父親逝世的噩耗，我深感難過。杭特伯利莊現已賣給薩默維少校。他想盡快遷入莊園。我將下去一趟，處理我姑媽的舊有文件和搬遷事宜。若可以的話，請你盡快回來處理你父親留在門房的遺物。希望你的按摩課程一切順利，不會讓你太勞累。

誠摯的奧莉隆

七月二十五日，瑪麗寫給荷普金護士的信：

親愛的荷普金護士：

感謝你寫信告知我父親病故一事。很欣慰他臨終前沒受太多折磨。奧莉隆小姐寫信告訴我說莊園已經賣掉，需要盡快清理好門房。我明日將回去奔喪，可否借住在你那兒？如果可以，就不勞你回信了。

摯友　瑪麗

07

七月二十七日星期四早晨，奧莉隆從國王飯店出來，向著曼登佛德的主要街道左右張望。突然她驚喜地喊了一聲，急匆匆地穿過馬路。

她絕不會錯認那副龐然威嚴的身影，它一派安詳，就宛如一艘張滿風帆的大船。

「碧夏太太！」

「噢，奧莉隆小姐！真沒想到你會在這兒！早知道你要去杭特伯利莊，我一定會回去一趟。現在那裡是誰伺候你？你從倫敦帶了人下來嗎？」

奧莉隆搖搖頭說：「我現在住在國王飯店，不住在杭特伯利莊。」

碧夏太太望過馬路，半信半疑地抽抽鼻子。

「聽說那裡是不錯啦，很乾淨，我知道，他們說餐點也很美味；但是你一定住不慣，奧莉隆小姐。」

「我真的住得滿舒服的，而且我只準備待一兩天。我得去清理文件和整理姑媽的遺物，還有幾件家具要運回倫敦。」

「那房子是真的要賣了？」

「是的，賣給薩默維少校，我們的新任國會議員——約翰．奎爾爵士過世了，你知道，所以進行補選。」

「總算恢復平衡了，」碧夏太太神氣地說，「我們曼登佛德向來只有保守黨議員。」

奧莉隆說：「很高興是一個準備在那裡定居的人買去了。如果杭特伯利最後變成旅館或被改建，我會很難過。」

碧夏太太閉上眼睛，福態的身軀顫抖了一下。

「是呀，那樣就太可悲、太可悲了。想到杭特伯利莊要交到陌生人的手中，實在令人難過。」

「我了解，但是這棟屋子我……一個人住實在太大了。」

碧夏太太哽咽起來。奧莉隆趕忙說道：「我想問你一聲，你有沒有想要的家具？如果有的話，我很高興送給你。」

碧夏太太咧嘴笑了，她感激地說：「你真是太有心、太仁慈了，奧莉隆小姐，那會不會太失禮……」她停了下來。

奧莉隆說：「噢，不會的。」

「我一直很喜歡客廳裡的那張寫字桌，好漂亮的東西。」

奧莉隆記得那個東西，是個鑲嵌繁複、造型華麗的桌子。她很快地說：「儘管拿去吧，碧夏太太。還想要什麼嗎？」

「這樣就好了，奧莉隆小姐，您已經太大方了。」

奧莉隆說：「那張桌子還配有幾把同款的椅子，你要不要一起拿呢？」

碧夏太太連聲道謝地接受了。她說：「我暫時會和姐姐住，有什麼事是我能幫忙的嗎，奧莉隆小姐？如果你需要的話，我可以陪你去杭特伯利莊。」

「不用了，謝謝你。」奧莉隆急著回道。

碧夏太太說：「我不麻煩，我很樂意。整理韋爾曼夫人的遺物一定很令人難過。」

「謝謝你，碧夏太太，不必了。我想單獨一個人處理，有些事自己處理比較好。」

碧夏太太回答得有些僵硬。

「那就隨你吧，奧莉隆小姐。」接著她又補充說：「老傑勒德的女兒也回來了。昨天是老傑勒德的喪禮。她目前暫住在荷普金護士家裡，我聽說今天早晨她們會一起去莊園的門房一趟。」

奧莉隆點頭解釋道：「是的，我請瑪麗去整理那兒的東西。薩默維少校想盡快遷入。」

「噢，原來如此。」

「很高興遇到你，碧夏太太。我現在必須過去了，我會記得留下寫字桌和椅子。」

奧莉隆和碧夏太太握手道別之後便離開了，她走進一家麵包店買了一條麵包，之後又到一家乳品店買了半磅奶油和一些牛奶，最後她進入一家雜貨店。

「我想買點做三明治的魚肉餡。」

「好的，奧莉隆小姐。」老闆艾博特用手臂推開了助手，急忙上前招呼。「需要哪一種？鮭魚蝦肉？火雞肉牛舌？沙丁鮭魚？火腿牛舌？」

他邊說邊把這些餡料一缽一缽地擺在櫃檯上。

奧莉隆微笑地說：「不管叫什麼名字，吃起來味道應該差不多吧！」

艾博特同意道：「呃，可能吧，就某種程度而言，是呀，就某方面而言。不過，我可以保證，它們還是很美味、很可口！」

「我以前很害怕吃魚肉餡，聽說發生過幾起中毒事件，不是嗎？」

艾博特先生趕緊澄清。

「我向你擔保我賣的都是上等貨品，絕對安全可靠。我們從未接獲任何顧客的抱怨。」

「那麼我買一個鮭魚鯷魚餡和鮭魚蝦肉餡，麻煩你了。」

§

奧莉隆從後門走進杭特伯利莊。這是一個晴朗熾熱的夏日，莊園裡開滿了香豌豆花。奧莉隆撥開一列走進去。在花園盡頭恭候迎接她的是留守的年輕園丁霍利克。

「早安，小姐。我接到您的來信了。我已經把側門打開，小姐，百葉窗都拉了起來，大半的窗戶也讓它們開著。」

「謝謝你，霍利克。」

她繼續往前走，那年輕人的喉結一上一下急動起來，他斷斷續續緊張不已地說道：「很抱歉，小姐……」

奧莉隆回身說道：「怎麼了？」

「這棟房子真的已經賣出去了嗎？我是說，一切都已經談妥了？」

「哦，是啊！」

霍利克不安地說：「我在想，小姐，你可不可以替我在薩默維少校面前美言幾句？我是說，他應該也需要園丁。他或許會認為我擔任工頭是太年輕了，但我跟著史提芬先生也有四年了，我想我懂得不少，而且我單獨留下來以後，也把這裡照顧得很好。」

奧莉隆立即回道：「我會盡我所能，霍利克。其實我早打算向薩默維少校推薦你，告訴他你是一個很棒的園丁。」

霍利克的臉微紅。

「謝謝你，小姐，你太仁慈了。你知道，韋爾曼夫人過世，加上這棟房子這麼快就被賣掉，對我們而言是一個很大的打擊；而我，呃，事實上我這個秋天就要結婚了，我只是想確保……」他停下來。

奧莉隆接口道：「我希望薩默維少校會接受你，你放心，我會盡量幫你。」

「謝謝你，小姐，你知道，我們都好希望莊園能一直由你們家族來管理呢。非常感謝你，小姐。」

奧莉隆朝房子的方向走去。突然，一股不可遏止的怨恨和憤怒如洪水決堤般淹沒了她。

「我們都好希望莊園能一直由你們家族來管理……」

她和羅迪本來可以住在這兒的！她和羅迪……這是羅迪的願望，也是她的願望，他們兩人都愛這個地方，兩個都是。心愛的杭特伯利……在她雙親還未去世、他們旅居印度的那段時間，遇到假期，他們一家人總是回到這裡度假。她總愛在林間、溪邊遊蕩、嬉戲，採擷一籃又一籃的甜豌豆花，大啖肥碩的綠醋栗和甘美多汁的赭木莓；還有，還有那些蘋果。她有好多祕密基地和洞穴，在那裡，她可以拿一本書就窩上好幾個小時。

她一向深愛這個地方，在內心深處，她總認為終有一天她會定居此地。蘿拉姑媽也加強了她這種想法。她會短短拋下一兩句話：「應該會有人想在這裡蓋座水園。可能就是你喔。」

羅迪呢？他也想在此成家立業。那或許是源於對她的感情，他可能隱約意識到，他們兩人共同生活在杭特伯利莊是個最完美的安排。

他們原本是會在一起的。他們原本現在就能生活在一起，在這裡。如此一來，她也不必匆忙收拾房子出賣，他們會一起重新裝潢，為房子和花園增添美麗的設計，會滿足、喜悅地依偎漫步，是的，喜悅滿足地同在一起……如果沒有那位野玫瑰般嬌豔的女孩……

羅迪對瑪麗又了解多少呢？他根本對她一無所知！他愛上她，愛上瑪麗的哪一點呢？也許瑪麗擁有高貴的美德，但羅迪從何得知？只能說這是老掉牙的故事，是命運的捉弄罷了。

羅迪本人不也承認說那是一種「魔力」嗎？

也許在他心靈深處，並不想要擺脫掉這個「魔力」？

如果瑪麗……死了，說不一定哪一天，羅迪會認為：「這樣的結局是最好的，現在我終於看清楚了，我和瑪麗之間毫無共同之處……」

也許他還會惋惜地補充說：「她是多麼美呀！」

她對他而言最好就是如此。是的，一個唯美的回憶，一個美麗的物事及歡樂的記憶。

如果瑪麗發生什麼事的話，羅迪一定會回到她身邊。關於這點奧莉隆深信不疑！

如果瑪麗發生什麼事……

奧莉隆轉動一下側門的把手，從溫暖的陽光裡走進了陰暗的屋子，她不由得打了一個寒顫。這裡使人感到淒涼、陰暗、不祥，她感覺屋子裡似乎有什麼東西在等著她……

奧莉隆沿著門廳走，然後推開通往備餐室的簾門。裡面有股潮味，她推開了窗子讓空氣流通，隨即把袋子放在桌上，一一取出奶油、麵包、小瓶牛奶。突然她想起來：「真是的，我忘記買咖啡了。」她看看架子上的罐子有一罐仍剩下一點點茶葉，可是沒有咖啡。「呃，算了。」奧莉隆想著。

她把兩罐餡料打開，看了一分鐘，然後走出備餐室上樓去，直接進入韋爾曼夫人的房間。她先從大型衣櫃開始清理，她打開抽屜，分類、整理，摺疊成一小堆、一小堆……

§

瑪麗在門房裡束手無策地四下打量著，她沒想到這裡竟會這麼窄。

此時此刻，童年的回憶突然湧上她的心頭。媽媽在為她的洋娃娃做漂亮的衣服，父親總是粗魯而易怒，一點也不疼愛自己。是的，他根本就是討厭自己……

「爸爸臨死前什麼都沒交代嗎？」瑪麗突然問荷普金護士。「他沒有要告訴我的嗎？」

荷普金精神奕奕地說道：「噢，沒有，他臨死前的一個小時就昏迷不醒了。」

女孩遲疑地說道：「不管怎麼樣，我應當回來照顧他的，畢竟，他是我父親。」

荷普金有些困窘地回答道：「聽我說，瑪麗，不管他是不是你父親，都別這麼想。現在的小孩根本不關心他們的父母親，而據我所見，父母也不關心兒女。那個在中學教書的藍柏特小姐說這是必然的。她說家庭生活根本不可行，小孩子應該由政府照養。或許吧——那就我看來，像是一間高級的孤兒院罷了——不管怎麼說，如今再去感傷、後悔都是白費力氣。日子總得繼續過下去，這是我們的天職，只是有時也並不那麼容易就是了。」

「我想你說得對，但我總覺得我們父女感情不好，或許是我的責任。」瑪麗幽幽地說。

「胡說八道！」荷普金斷然地說。

這話如雷貫耳，使瑪麗不安的心鎮定了下來，她又提到別的話題。

「你打算怎麼處理這些家具呢？留起來或賣了它們？」

「我不知道，你說呢？」瑪麗猶豫地說。

荷普金護士精明的雙眼溜了一圈，然後說：「有些還堅固可用的，你就自己留著，哪天你在倫敦有個自己的住所再搬進去。垃圾都丟掉。這些椅子還不錯，還有這張桌子。那個衣櫃很堅實，也許款式舊了些，但它們是桃花心木做的，他們說維多利亞時代的東西還會再流行回來。如果我是你，我會丟掉那個五斗櫃，它太大了，哪裡都不好放，若擺在臥室就占掉一半的空間。」

她們把要丟要留的東西列了張清單。瑪麗說：「塞登律師人很好，他會先撥一筆錢給我，以便我可以繳學費和給付其他費用。他說錢大概一個月左右就會轉給我。」

荷普金護士說：「你現在的工作如何？」

「我想我會喜歡它，儘管剛開始時好辛苦，每次回到家都快累死了。」

荷普金不悅地說：「我在聖路克實習時，常以為自己過不下去了，我想自己一定撐不過三年期限，但我還是走過來了。」

她們接著整理死者的衣服，然後她們看到一個裝滿文件的錫盒。

「看來，這些文件都得查看一下。」瑪麗說道。

她們兩人面對面地在桌旁坐下了。

「人怎麼總愛留著破爛不丟。」護士拿起一疊紙張發著牢騷。「剪報、舊信件……盡是這些東西！」

瑪麗翻開一個文件說道：「這是爸爸和媽媽的結婚證書。一九一九年在聖奧爾本。」

「結婚許可證，那是舊式的文件，這個村子裡還有好多人使用這種文件。」

瑪麗屏息說：「護士……」

「怎麼啦？」

瑪麗聲音顫抖地說：「難道你沒想到嗎？現在是一九三九年，我二十一歲。而一九一九年時我已經一歲了。這就是說，就是說，爸爸和媽媽是在……事後才結婚的。」

荷普金皺起眉頭，粗聲說道：「這有什麼了不得？都什麼時候了，別自尋煩惱！」

「我就是會想啊，護士！」

荷普金嚴正說道：「好多夫妻都是超過正常時間才去教堂的。我認為只要他們最後結成了夫妻，那別人就管不著。」

女孩緩慢地說道：「你認為，是不是因為這樣，我父親才不喜歡我？可能當時母親是以此逼婚的？」

荷普金輕輕咬著嘴唇猶豫地說道：「我想不完全是這樣。」護士稍加停頓。「好吧，如果你擔心這個的話，那我就把實情告訴你好了……傑勒德根本就不是你的親生父親。」

瑪麗說：「怪不得！」

「或許吧。」

瑪麗突然間面紅耳赤起來了。

「這對我而言不是件光彩事，但是我覺得很高興！過去我總是為著自己不喜歡父親而感到慚愧。可是如果他根本不是我的父親，那一切就不成問題了。但是你怎麼會知道呢？」

「傑勒德臨死之前提到這件事，我叫他別說，可是他不管。今天若不是你看到了這張結婚許可證，我是什麼也不會說的。」

瑪麗緩緩說道：「那誰是我真正的父親呢……」

荷普金左思右想，遲疑著該不該說。她的嘴張開又閉上了，一副不知如何是好的模樣。

突然，有個人影掠過房間。瑪麗和荷普金轉過去，看見奧莉隆正站在窗戶前。

奧莉隆說：「午安！」

荷普金護士說：「午安，奧莉隆小姐。很棒的天氣，不是嗎？」

「呃……午安，奧莉隆小姐。」瑪麗說。

奧莉隆繼續說：「我做了一些三明治，你們要不要上來吃一點？現在是下午一點，為了一頓午飯走那麼遠的路回家太累了，我準備的食物夠三個人吃的。」

荷普金高興地說：「你太體貼了，奧莉隆小姐，沒清理完東西就中途跑回家再跑回來確實很麻煩。我們本來打算今天早晨就把它清完——我還一早就先去看望病人——可是沒想到會花上這麼多時間。」

瑪麗也感激地說道：「謝謝你，奧莉隆小姐，你的心腸真好。」

她們三個人朝房屋方向走去。奧莉隆出來時沒關大門。她們穿門進入涼颼颼的門廳時，瑪麗打了個寒顫，奧莉隆敏感地問道：「怎麼了？」

「噢，沒什麼，只是打個顫而已，從溫暖的地方走進來……」

奧莉隆低聲說道：「奇怪，今天早晨我也有過同樣的感覺。」

荷普金護士笑著高聲說：「噢，少來了，等一下你們就會說這屋子裡鬧鬼了！我可是什麼感覺也沒有。」

奧莉隆笑著，領她們走入大門右側的晨室。裡面的窗簾已拉起，窗戶也開著，看起來生氣盎然。

奧莉隆又穿過門廳，從備餐室端來一大盤三明治。她把盤子遞給瑪麗說：「嘗嘗看。」瑪麗拿了一份三明治，奧莉隆站著，看著瑪麗那口潔白整齊的牙齒咬了麵包一口。她屏息有一分鐘之久，然後緩緩舒了一口氣。奧莉隆失神地把盤子托在腰部好一會兒，才發現荷普金正用飢餓的目光瞧著三明治，她一下子臉紅了，趕緊將盤子遞給了荷普金，然後自己也拿了一份。她滿懷抱歉地說：「本來我想煮點咖啡的，可是忘了買。桌上還有些啤酒，有人想喝嗎？」

「如果我想到帶些茶過來就好了。」荷普金悶悶不樂說道。

奧莉隆心不在焉地說：「在櫥櫃的罐子裡還剩一點茶葉。」

護士馬上很高興地說：「那我現在就去燒水，牛奶可能沒有了吧？」

「我有帶來一點。」奧莉隆說。

「那太好了！」荷普金高聲說道，同時急忙走了出去。

剩下兩位女孩獨處了。周圍的氣氛頓時變得有點怪異和緊張，奧莉隆試著想打破僵局。

她抿了抿乾燥的嘴唇，問道：「呃，你在倫敦還好嗎？」

「謝謝你，我很好，我真的很感謝你……」

奧莉隆突然爆出怪響，是一種刺耳的笑聲，很不像她，以致瑪麗不禁驚訝地看向她。

「你不需要謝我！」

瑪麗尷尬地說：「我的意思不是……」

她停住了。奧莉隆看著她，目光十分嚴厲，而且十分……是的，怪異，瑪麗不禁畏縮起來。她說：「哪裡……哪裡不對了嗎？」

奧莉隆很快站起來，轉過身去，說道：「有什麼不對？」

「你……你看起來……」瑪麗喃喃地說。

奧莉隆笑了一下。

「我瞪著你看了嗎？很抱歉，當我在想事情時，常常會失神。」

荷普金在門口望了進來，高興地說：「我在燒水了。」說完又走開了。

奧莉隆突然笑了起來。

「『寶利在燒水，寶利在燒水，大家有茶喝！』你記得我們小時候玩過這個遊戲嗎？」

「我記得。」

「我們小時候……真可惜，我們再也不能回到過去了，是不是，瑪麗？」

「你希望回到兒時嗎？」瑪麗問。
「是的，是的……」奧莉隆勉強地說。
她們兩人沉默了一會兒。
「奧莉隆小姐，希望你不要認為……」
瑪麗停了下來，因為她看到奧莉隆細瘦的身體突然僵硬了起來，下巴也揚了上去。
「不要認為什麼？」奧莉隆冷冷地說。
「我……我忘記想說什麼了。」瑪麗吞吞吐吐地說道。
奧莉隆的身體放鬆下來，好像危機解除了似的。
荷普金端著托盤走進了客廳，上面裝有褐色茶壺、三個茶杯，還有牛奶。她絲毫沒注意到現場低迷的氣氛，高興地說：「茶泡好了！」
荷普金把托盤放到奧莉隆面前，但奧莉隆搖搖頭說道：「我不想喝茶。」
於是她把托盤推到瑪麗面前。瑪麗倒了兩杯茶。護士心滿意足地長嘆一口氣，說道：「好棒，好濃。」
奧莉隆站起來走到窗前，荷普金試著說服她道：「你真的不喝一杯嗎，奧莉隆小姐？會很舒服的。」
奧莉隆低語回答說：「不了，謝謝你。」

荷普金喝完那杯茶，把杯子放在小盤子上說道：「我得去把茶壺從爐子上拿下來，我以為還會需要燒水，所以就放著了。」

她衝了出去。奧莉隆從窗邊轉過身子，猛然情懇意切地哀求說：「瑪麗……」

瑪麗急忙問道：「什麼事，奧莉隆小姐？」

熱切的神情從奧莉隆的臉上消失了，她的雙唇闔上，懇求的眼神漸漸褪去，剩下的只是一副冰冷的面具。

「沒什麼。」

屋子裡又籠罩著一股使人透不過氣的沉寂。瑪麗想，怎麼今天什麼事都不對勁？好像有什麼事要發生似的。

奧莉隆終於動了，她離開窗子，把盛過三明治的空盤子放在托盤上。瑪麗立刻站起身來說道：「我來拿吧，奧莉隆小姐。」

奧莉隆很快地回答道：「不，你留在這兒吧，我自己來。」

奧莉隆拿著托盤走出房間後，回過頭望向站在窗前的瑪麗．傑勒德，她是那般青春洋溢、美麗脫俗……

荷普金正在備餐室用手帕擦著臉。看到奧莉隆走進來，她迅速望了她一眼，說：「天哪，這兒好熱。」

奧莉隆愣愣地回答道：「是呀，備餐室是面朝南的。」

荷普金接過了托盤。

「我來洗吧，奧莉隆小姐，你好像不大舒服。」

「噢，我很好。」奧莉隆拿起抹布說道，「我來擦。」

荷普金挽起袖子，拿起水壺往盆裡倒些熱水。奧莉隆看著護士的手腕，順口問道：「你被什麼刺到了嗎？」

護士笑了。

「在門房的玫瑰棚架那裡弄的，等會兒我再把刺挑出來。」

門房的玫瑰棚架……往事又占據了奧莉隆的腦海。那次她和羅迪吵架，為玫瑰戰爭各執一方；她和羅迪總是吵吵鬧鬧，但過後總能言歸於好。啊，多麼美妙、歡樂、幸福的時光。一種厭惡的反嘔向奧莉隆襲來。如今她何竟於此？這仇恨、邪惡的黑暗深淵……她的身子晃動一下。我瘋了，簡直是瘋了，她想。

荷普金好奇地看著她。

「她看起來奇怪透了，」事後荷普金護士這樣回憶說，「全然不能自持。好像完全不明白自己在說什麼，眼睛閃著奇異的光芒。」

茶杯和小盤子在水盆裡吭噹作響。奧莉隆從桌子上拿起裝過魚肉餡的空罐子放到水盆，擦乾杯盤，這時她以堅定的口氣說：「我在樓上清理出一些姑媽的衣物。護士，你知道村子裡有誰用得著嗎？」

荷普金開心地說：「包在我身上。像帕金森老太太和納莉太太都可以用，還有艾維村那個神智不清的老婆婆。對她們來說，這可都是天賜的寶貝呢。」

她和奧莉隆收拾好備餐室後，一起上了樓。韋爾曼夫人的衣物已摺疊分類，計有：內衣、洋裝、特殊用途的華麗禮服、天鵝絨喝茶便服，還有一件毛皮大衣。這件大衣，奧莉隆說，她想送給碧夏太太。荷普金護士點頭同意。她注意到韋爾曼夫人的黑貂皮大衣還放在衣櫃裡。「奧莉隆小姐大概想拿去改一改再自己穿吧。」荷普金想道。她往高腳衣櫃裡看了一眼，心想，不知奧莉隆小姐發現那個簽有「路易斯」的照片沒？不曉得她會如何處理它。

「太好玩了，」她想道，「奧布萊和我的信竟會同時寄出，從沒碰過這樣的事。她提到那張照片的時候，我正好也在告訴她史萊特太太的事。」

她幫奧莉隆將衣物分好，而且自告奮勇要將它們個別打包，親自分送到那些人家裡。她說：「我可以趁瑪麗去門房整理東西的時候做好，她只剩一盒文件要處理。對了，那女孩現在在哪裡？她下去門房了嗎？」

「我走的時候她還在晨室……」奧莉隆答道。

「她不可能一直待在那裡，」她看看錶。「哇，我們在這裡忙了快一個小時了！」

她匆忙跑下樓去，奧莉隆跟在後頭，兩人走進晨室。

荷普金叫道：「好哇，她竟然睡著了。」

瑪麗．傑勒德正坐在窗邊的一張扶手椅裡，身子微微往裡陷。她們聽到一種奇怪的聲響，像是打鼾、呼吸不順暢似的。

荷普金護士走過去搖她。

「起來了，孩子……」

然後，她突然停住了。她彎下身，拉開瑪麗的一隻眼皮，接著使勁搖晃瑪麗的身體。最後她轉身面向奧莉隆，口氣嚴厲地問道：「這是怎麼回事？」

奧莉隆說：「我不懂你的意思。她生病了嗎？」

「電話在哪裡？趕快請洛德醫生過來。」

奧莉隆說：「到底怎麼了？」

「怎麼了？這女孩病了，快死了！」

奧莉隆往後倒了一步。

「快死了？」

荷普金護士說：「她中毒了……」

她的眼睛盯著奧莉隆，滿是疑怨。

第二部

Sad Cypress

08

白羅蛋形的腦袋微微歪向一邊，眉毛好奇地揚起，十指交錯。他不斷審視著那位在屋裡焦急地走來走去的年輕人，此刻他那一向和善的雀斑臉上滿面愁容。

「究竟發生什麼事了，朋友？」白羅終於開口問道。

洛德醫生突然定定站住了。

「白羅先生，現在全世界只有你能幫我了。我是從斯帝林夫那兒聽到你這個人的。他告訴我你在調查班奈迪．華利的案子時，雖然每個人都深信死者是自殺身亡，而你卻證明他是他殺的。」

「所以，你有病患自殺了，但你不認同？」白羅問道。

洛德搖搖頭，他說道：「是一個小姐，她被逮捕了，就要被判謀殺罪，我希望請你找到她無罪的證據。」

白羅的眉毛揚得更高了，他謹慎、暗暗地問道：「你和這位年輕小姐……訂婚了嗎？你們彼此相愛？」

洛德高聲苦笑。

「不，不是的！她的眼光實在很差，竟然會愛上一個長鼻、一臉衰相又狂妄自大的渾球。她是糊塗，然而這是事實。」

「啊，」白羅說，「我了解了。」

年輕的醫生痛苦地繼續說道：「是的，我想你可以了解。我也不用避諱，我十分愛慕她，因此不願她被絞死，了解了嗎？」

「她被控什麼罪名？」白羅問。

「她被控施用鹽酸嗎啡毒死了一位名叫瑪麗．傑勒德的女孩，也許你在報紙上已經讀過本案的報導。」

「謀殺意圖是什麼？」白羅又問。

「嫉妒！」

「但你認為她是無辜的？」

「她當然沒殺人！」

白羅若有所思地望著洛德，然後問道：「你要我如何幫你呢？調查實情嗎？」
「我要你幫她脫罪。」
「我不是律師呀！」
「我再把話說清楚一點吧：我要你找出證據，讓她的辯護律師可以為她脫罪。」
「你好像對這事太有興趣了。」白羅說。
「你的意思是，我只是個局外人？我的動機很簡單，我要這女孩無罪釋放，而我認為你是唯一辦得到的人。」洛德回答。
「你希望我去找出真相，發現事實經過？」
「我要你去找出任何對她有利的事實證據。」
白羅熟練地燃起一根菸說道：「但你這不是有點不道德嗎？挖掘真相，是的，這我永遠感興趣，但凡事總有得失兩面，倘若我所找出的真相反而對這位小姐不利呢？你會要求我隱瞞真相嗎？」
洛德醫生臉色蒼白地站了起來說：「這是不可能的！而且再壞也不過如此了。目前所顯示的證據對她招招致命，所有攤在世人眼前的線索，件件擊中要害，你再也找不到更不利的證據了。所以我請求你運用你所有的聰明才智——斯帝林夫說你非常優秀——找到一個轉圜的出路，找到任何論證上的漏洞。」

「這些事情她的律師都能為她做吧？」

「他們？」這位年輕醫生輕蔑地笑了笑。「他們根本是未戰先衰。千萬別打他們的主意。她確實有一個辯護律師布默王室顧問，可是別想指望他，靠他是注定失敗。他有一張利嘴，但光是會拚命動之以情，不斷強調被告年輕無知，從頭到尾就玩這套！可是法官偏偏不買帳。沒轍了！」

「如果說她確實有罪，」白羅說，「你還希望能為她脫罪嗎？」

洛德毫不動搖地回答說：「是的。」

白羅在椅上挪動了一下，說道：「你確實讓我大感興趣……」

過了一兩分鐘，白羅說：「我想，你最好告訴我詳細的情形。」

「你難道都沒看報紙嗎？」

白羅揮了揮手。

「是有聽說，但是報紙上寫的東西一向不正確，我從來就不跟著他們走。」

洛德開始說：「一切都相當簡單，驚人的簡單。這位奧莉隆小姐剛剛繼承了她姑媽留下的一棟宅邸——杭特伯利莊園，和一筆為數可觀的財富。她姑媽韋爾曼夫人生前並沒有事先寫下遺囑。而這姑媽的丈夫有一個侄子叫羅迪，他和奧莉隆不久前訂婚，他們兩人從小就彼此熟識。另外莊園裡還有一個女孩叫瑪麗．傑勒德，是門房的女兒。韋爾曼夫人對她疼愛有加，還替她支付教育費和其他一切費用。因此從表面上來看，瑪麗和上流社會的小姐沒有兩樣。近來羅迪・韋爾曼似乎迷戀上她，因此羅迪與奧莉隆的婚約也因此解除了。

「現在我要說明事件本身了：奧莉隆決定賣掉莊園，有位名叫薩默維的少校出價買下了。於是奧莉隆回到姑媽這兒來清理遺物，而不久前喪父的瑪麗也為了清理出門房而回來整理東西。現在我們把時間帶回到七月二十七日的早晨。

「奧莉隆住在當地的一間飯店裡，她在街上遇見了前任管家碧夏太太，她表示願意幫助奧莉隆整理遺物，可是奧莉隆當時挺堅持地拒絕了。後來她到一家商店買了魚肉餡，並在商店裡和店員聊了些有關食物中毒的事。你知道，這種談話純屬閒話家常，現在卻成了對奧莉隆不利的罪證。當她回到家後，差不多一點左右去了門房。瑪麗那時在一個好管閒事的區公所護士荷普金的幫助下整理東西。奧莉隆請她們兩人和她一起在大屋裡吃點三明治，於是三人一同走進大屋進餐。然而過了大約一小時或者更長一些時間，我就被召喚了過去，當我趕到時，瑪麗已經失去了知覺。我盡了一切努力，可是毫無效果。經解剖後發現，她在短時間內服用了大量嗎啡。而警察在奧莉隆準備三明治的那個地方發現一張小標籤，上面寫有『鹽酸嗎啡』字樣。」

「瑪麗還吃或喝了別的東西嗎？」

「她和荷普金護士都喝了茶，是荷普金煮的，由瑪麗倒的茶，茶裡什麼也沒有。我知道，辯護律師會強調說三明治是三個人一起吃的，因此不可能只毒死其中的某一個人。你應該記得，希納謀殺案就是這麼處理的。」

白羅搖搖頭說：「其實那相當簡單。你做好一堆三明治，其中有一份是有毒的。你端出盤子後，依照一般人的習慣，大家都知道要拿盤子裡最靠近自己的那一塊。我猜奧莉隆第一個就把盤子遞向瑪麗？」

「沒錯。」

「而且，那個護士年紀比瑪麗大得多？」

「是的。」

「那事情看起來不太樂觀。」

「可是那不代表什麼嘛，只是吃一頓簡便的午餐，誰會講究禮儀啊！」

「是誰準備三明治？」

「奧莉隆。」

「屋裡還有別人嗎？」

「沒有。」

白羅又搖搖頭說：「這就很糟糕。那女孩除了茶和三明治之外，沒有再吃別的東西吧？」

「沒有，胃裡的殘留物證明沒有。」

白羅繼續問道：「這表示奧莉隆想讓人以為那女孩是食物中毒死亡的囉？那麼她如何解釋受害者只有一人？」

「這種情況也是可能發生。譬如她用了兩罐包裝完全相同的魚肉餡。其中一罐是好的，而另一個卻剛好已經變質，而且偏偏正好被瑪麗吃到了。」

「這是一個有趣的或然率問題。我猜用數學運算的結果會比實際發生的比率高。但說到另一個問題：如果她想利用食物中毒這個手法，那她為什麼不選擇另一種毒藥？嗎啡中毒與任何食物中毒的症狀都截然不同，在這種情況下用顛茄鹼[2]是更好的選擇。」

醫生緩慢地說道：「是沒錯，但還有一個細節我尚未提到。那個該死的護士發誓說她丟了一管嗎啡。」

「什麼時候丟的？」

「就在這個事情發生的前幾週，也就是韋爾曼老夫人死去的那個夜晚。護士說她把小藥箱忘在門廳裡，第二天早晨發現裡面少了一管嗎啡。我認為這是編造的，很有可能是之前她在自家不小心打碎了，後來也把這件事忘了。」

「而且在瑪麗死後她才記起這件事？」

洛德勉強回答道：「事實上，發生當時她就對值班護士提過這件事。」

白羅感興趣地瞧著醫生，他委婉地說道：「我覺得，朋友，這件事還另有隱情，而你並未告訴我。」

洛德說：「好吧，我最好都告訴你吧：現在警方正要求開棺檢驗韋爾曼老夫人的屍體。」

「哦？」

「如此一來，他們很可能會發現他們想找的東西——嗎啡！」

「你怎麼知道的？」

彼得．洛德的雀斑臉發白，他喃喃道：「我只是懷疑。」

白羅捶了一下扶手，喊道：「怪了，我實在搞不懂你！她死的時候，你已知道她是被謀殺的？」

洛德叫道：「老天，不！我才不是那樣想！我認為她是自己服下的。」

白羅又癱進椅子裡。

「哦，你這麼認為……」

「我當然會這麼想，她跟我提過這個念頭啊。她不只一次問我可不可以『讓她了結』。她痛恨長臥病榻，痛恨對疾病束手無策，痛恨……她怎麼說的？『喪失尊嚴』地被人當作小

2 顛茄鹼（Atropine），含於顛茄等植物中的有毒鹼。

嬰兒一樣對待。她是個性格剛烈的女人。」

他停了一會兒接著補充說：「其實她的死讓我感到很震驚，太出乎我的預料了。我讓護士都到外面去，並為她做了非常詳細的檢查。當然，在解剖遺體之前無法確定什麼。既然她是出於自願，那還有什麼必要大肆聲張、製造醜聞呢？最好就是在死亡證明書上簽字，讓死者安息。關於這點我始終沒有把握。我想我做錯了。但我不是故意要欺騙大家，我很篤定她是自殺的。」

白羅問道：「以你來看，她是怎麼弄到嗎啡的？」

「我一無所知。可是，我可以告訴你，她是一個聰明過人的老婦人，而且想法極多，意志力堅強。」

「她有沒有可能從護士那兒弄到手呢？」

洛德搖搖頭說道：「不可能，你不了解那些護士。」

「從自己的親屬那兒呢？」

「如果老太太對他們動之以情的話就有可能。」

白羅轉向另一個話題：「你說韋爾曼老夫人沒有留下遺囑。要是她活下來，她會立遺囑嗎？」

洛德冷笑一聲說道：「好一個魔鬼般的洞察力呀，招招擊中要害，不是嗎？是的，她想要立遺囑，十分急躁。那時她說話已經很不清楚了，可是她有明確地表示出這個意願，而奧莉隆第二天一起床就打電話給律師。」

「這樣說來，奧莉隆．克里修知道她姑媽要立遺囑了？而且她知道，如果她姑媽沒有立遺囑便死去，她將會繼承所有的財產？」

醫生急忙說道：「她不知道這回事，她根本不知道她姑媽沒立遺囑。」

「那是她自己說的，我的朋友，實際上她有可能知道。」

「等一下，白羅，你現在是站在檢方的立場嗎？」

「目前，是的。我必須知道不利於她的所有條件。奧莉隆．克里修有可能從那個藥箱裡拿走嗎啡嗎？」

「有，任何人都有可能，譬如羅迪．韋爾曼、奧布萊護士或任何一個僕人。」

「或者，洛德醫生？」

彼得．洛德的眼睛張得好大，說道：「當然可能……可是我何必如此？」

「出於慈悲，或許。」

洛德搖搖頭。

「絕無此事，你一定要相信我！」

白羅把身子向椅背上一靠，說：「我們做個好玩的假設。假設是奧莉隆拿了嗎啡，並讓她姑媽服下。家裡的人對嗎啡遺失有什麼看法嗎？」

「家裡的人誰也不知道這件事，這事只有那兩個護士知道。」

白羅說：「根據你的看法，檢方會有什麼行動？」

「你是指，如果他們在韋爾曼老夫人身上驗出嗎啡？」

「是的。」

洛德心情沉重地回答說：「那就算眼前這件案子奧莉隆能無罪開釋，她也會被第二次逮捕，被控謀害自己的姑媽。」

白羅沉思起來。

「這兩者的動機不同。殺害韋爾曼夫人是為了奪取財產，殺害瑪麗則完全出於嫉妒。」

「沒錯。」

「被告律師打算如何辯護？」

洛德說道：「布默是想強調被告沒有任何犯罪動機。他想辯訴奧莉隆和羅迪訂婚完全是為了家族聯姻，並訴諸家庭情感，說是為了成全韋爾曼夫人的心願，而既然韋爾曼夫人已經過世，奧莉隆就主動解除了婚約。羅迪會依照這個意思作證，我認為他本人八成也相信這一點。」

「相信奧莉隆對他沒有其他感情嗎？」

「是的。」

「這麼說，她就沒有殺害瑪麗的理由了。」

「正是這樣。」

「果真如此，那麼是誰殺害了這個女孩呢？」

「問得好。」

「傷腦筋哪。」

「問題就在這兒！如果不是她，那是誰呢？就拿茶來說吧，瑪麗喝了，荷普金也喝了。辯護律師試圖提出一種說法，就是在其他兩人從房裡走出去的時候，瑪麗自己服了嗎啡，因此是自殺。」

「她有自殺的理由嗎？」

「一點也沒有。」

「她是那種會自殺的類型嗎？」

「不是。」

白羅問道：「瑪麗是個什麼樣的人？」

洛德思忖著說道：「她是……嗯，是個善良的女孩，是的，非常好的孩子。」

白羅嘆了一口氣，低聲問道：「這個羅迪．韋爾曼之所以愛上瑪麗，是因為她是個善良的女孩嗎？」

彼得．洛德笑了。

「我懂你的意思了。她是很漂亮，沒錯。」

「那你自己呢？你對她沒有任何感覺嗎？」

他瞪大雙眼。

「天哪，絕對沒有。」

白羅沉思了一下，說道：「羅迪．韋爾曼說，他和奧莉隆彼此雖然很親近，但僅限於此，你同意這個說法嗎？」

「我怎麼會知道呢？」

白羅搖搖頭。

「你進來這屋子後曾經對我說，奧莉隆很沒眼光，喜歡上一個長鼻子、狂妄自大的渾球。我推測，這個人就是羅迪．韋爾曼，這麼說來她應該是愛他的。」

彼得．洛德露出痛苦和絕望的表情，低聲回答道：「她是愛他沒錯，愛得很深。」

「那也就是說，」白羅斷定說，「她的犯罪動機是存在的。」

洛德那激憤而發亮的臉很快地轉向白羅。

「那又怎麼樣？也許就是她做的，但即便如此，我也不在乎。」

「哈！」

「我告訴你，我不願意看她被人絞死！或許她已自暴自棄了。愛情是一種飛蛾撲火的情感，它能夠使好人誤入歧途，令高尚正直的人萬劫不復。假設這真是她做的，難道你對她一點都不憐憫嗎？」

「我不贊成謀殺。」白羅說。

洛德注視著他，又把目光移向別處，然後又重新看向他，最後驟然哈哈大笑起來。

「哎呀，說得多麼清高、多麼自負啊！誰要你贊成了？我並不是要你說謊。事實就是事實，不是嗎？如果你發現到任何有利於被告的線索，你一定不會因為這個人是犯人而加以隱瞞，對吧？」

「絕不隱瞞。」

「那麼你有何理由不接受我的委託呢？」

「我的朋友，」白羅平靜地說道，「我已準備接受你的委託……」

／09

洛德看著白羅，然後掏出手帕，擦擦臉上的汗水，一下子就癱倒在椅子上。

「呼！」他呼了口氣說道，「你弄得我心情七上八下，我完全搞不清楚你在想什麼。」

白羅說：「我是在檢視這個案子，現在我很清楚了。就我看來，下毒的對象是瑪麗・傑勒德，而嗎啡是下在三明治裡。除了奧莉隆之外，誰也沒碰過三明治。而奧莉隆有殺害瑪麗的動機。依你所見，她是有可能謀殺瑪麗・傑勒德，而事實上她也極有可能下手。我看不出有其他推論。這是問題的其中一面，我的朋友。再看看問題的另一面，我們換個角度來看這個案件。如果奧莉隆沒有殺害瑪麗・傑勒德，那麼會是誰殺的呢？或者說，瑪麗會不會是自殺？」

洛德坐直身上，在他的額頭上出現了一道皺紋。他說：「你說的不完全對。」

「我？不完全對？」白羅的聲音有受辱的感覺。

醫生堅持己見地說道：「是的。你剛才說除了奧莉隆以外，沒有其他人碰過三明治。這你不可能知道。」

「可是，當時房子裡並沒有別人。」

「這是『據我們所知』。你漏掉一段時間，就是奧莉隆走出大門到門房去的這段時間，這期間三明治是放在備餐室裡的一個盤子內，有人可以利用這個機會動手腳。」

白羅深深地吸了一口氣。

「你說得沒錯，朋友，我承認。確實是有一個空檔，某人可能趁此機會把毒藥放到三明治裡，我們應當討論誰可能是這個人，也就是說，是哪一種人……」

他停了一會繼續說道：「我們來看看這個瑪麗・傑勒德。有人，不是奧莉隆・克里修，希望她死。那又為什麼呢？她的死對誰有利嗎？瑪麗有什麼財物可繼承嗎？」

洛德搖搖頭。

「目前還沒有，但再過一個月她就會得到兩千英鎊。奧莉隆打算把這筆錢轉到瑪麗的戶頭上，因為奧莉隆認為這是她姑媽的遺願，但是遺產的種種事宜尚未處理完畢。」

「那麼，我們排除謀財害命的動機。你曾說過瑪麗很漂亮，這也是會惹出一堆麻煩。她有愛慕者嗎？」

「可能有，我不太了解。」

「誰會了解？」

洛德微笑了。

「我最好安排你和荷普金護士見個面，她是個『傳布政令員』，曼登佛德大大小小的事她沒有不知道的。」

「我才想請你談談那兩位護士呢。」

「奧布萊是愛爾蘭人，是個稱職的好護士，有點傻氣，心眼有時挺多的，有點會扯謊，但不是出於惡意，只是喜歡加油添醋。不過，會把事情說得很詳細完善。」

白羅點點頭。

「荷普金是個敏銳、機靈的中年婦人，心地還不錯，也十分稱職，可惜就是喜歡多管閒事。」

「如果村裡哪個年輕人出過什麼事，荷普金護士可能獲悉嗎？」

「保證了解！」他緩慢地說，「不過，她們未必能提供我們什麼有用的線索。瑪麗長期不在家，她在德國待了兩年。」

「她今年二十一歲？」

「沒錯。」

「她在德國也許有些複雜的交往關係。」

洛德醫生的臉亮了起來，他急躁地說：「你是說，可能有某個德國年輕人和她有過節，並跟蹤她到這裡，等待時機，最後完成他的目的？」

「這聽來有點太戲劇性了。」白羅狐疑地說。

「但也不無可能。」

「可能性不高就是了。」

彼得．洛德說：「我不認為。有人或許狂戀著她，但她拒絕了，於是他惱羞成怒，他或許認為她侮辱了他。這也可能啊！」

「是的，這是一個可能。」白羅不甚了了地說。

洛德醫生請求道：「繼續說啊，白羅先生。」

「我知道你就是要我把自己當成魔術師一般，往帽子裡把兔子一隻一隻抓出來。」

「如果你高興也可以這麼解釋。」

「還有另一個可能。」

「請說。」

「有一個人在六月的那個晚上，從荷普金護士的小藥箱裡拿走了一管嗎啡。也許是瑪麗看到了。」

「那她一定會說出來。」

「不，不，朋友，你有點邏輯好不好？任何人看到奧莉隆、羅迪、奧布萊護士甚至僕人打開小藥箱拿出一管藥時，他會怎麼想呢？他只會認為這個人是替護士拿藥而已。瑪麗或許就是如此，而且只是匆匆留下印象。然而過些時候，瑪麗可能又想了起來，而且向拿藥的那個人提起這件事。她本人完全沒有任何懷疑，可是你想像一下，那個毒死韋爾曼夫人的人會做何感想？噢，瑪麗看見了，所以不惜任何代價也要使瑪麗永遠沉默。相信我，我的朋友，無論是誰，只要犯下一次謀殺後，他就會毫不猶豫地再犯第二次。」

彼得．洛德說：「我一直認為是韋爾曼夫人自己服下那個東西……」

「可是她已經癱瘓了，根本沒辦法動，她才剛第二次中風。」

「這我知道。我猜她以前大概用什麼方法拿到嗎啡，然後把它藏在手邊的容器中。」

「若是如此，她一定是在第二次中風前就藏了那些嗎啡。但護士是在那之後才發現嗎啡不見的。」

「荷普金護士是那個早上發現嗎啡不見的，但或許好幾天前東西就不見了，只是她沒注意到而已。」

「這老太太要如何拿到呢？」

「我不知道，或許收買下人吧。若真是這樣，那這個下人打死也不會說。」

「你不認為可能是護士被收買了嗎？」

「絕不可能！首先，她們非常嚴守職業道德，而且她們也沒膽子做這種事。她們知道這樣風險很大。」

白羅說：「那倒是。」

白羅思索片刻後，繼續說道：「我們好像又回到原點了，到底誰最有可能拿走嗎啡呢？奧莉隆．克里修。我們可以假設，她是要確保自己可以獨吞全部遺產。我們還可以寬容些來設想：她這樣做是出於憐憫，是滿足她姑媽一向以來的要求。總之是她拿了嗎啡，而且被瑪麗看見了。我們再回到那棟屋子和三明治的事件上，再度檢討奧莉隆……只是這次涉及的是她另外的一個做案動機：從危機中拯救自己。」

彼得．洛德叫道：「簡直是胡說八道！我告訴你，她不是那種人！她根本不把錢看在眼裡……羅迪也是，這我不得不承認。我以前聽他們這樣說過。」

「以前？那有意思了。這種說法我一向最是存疑。」

「你太惡劣了，你就非得扭曲每件事實，以便讓箭頭指向那個女孩嗎？」

「不是我扭曲事實，而是事實自動調整方向，就像展覽會上的指標一樣。它搖搖晃晃，最後總會停止，而箭頭總是指在同一個目標——奧莉隆．克里修。」

彼得．洛德說：「她不可能！」

白羅悲哀地搖搖頭，然後說道：「這個奧莉隆．克里修有什麼親戚嗎？姐妹啊，表兄弟啊，或者父親、母親？」

「沒有，她是孤兒，只有孤伶伶的一個人。」

「聽起來多可憐啊！我保證辯護律師會好好利用這一點。如果奧莉隆死去，誰能繼承她這筆錢呢？」

「我不知道，我沒想過這件事。」

白羅責難地說道：「應當要想想的。她是否寫了遺囑？」

洛德脹紅了臉，躊躇地回答道：「我……我不知道。」

白羅望向天花板，兩手指尖併攏。他說：「你知道，你最好告訴我。」

「告訴你什麼？」

「你腦子真正在思慮的事……不管它對奧莉隆．克里修有多麼不利。」

「你怎麼知道……」

「唉，唉，我就是知道。有件事……有件偶然發生的事浮上你的心頭。你最好告訴我，否則我會想得更嚴重！」

「那沒什麼，真的……」

「我想也是，但還是說來讓我聽聽。」

洛德心不甘情不願地慢慢道出那件事情，即奧莉隆倚在荷普金護士家的窗外，以及她大笑不止的場面。

白羅思索地說道：「那麼，當時她真的說：『你在立自己的遺囑嗎，瑪麗？好笑，真是好笑。』而你很明白當時奧莉隆在想什麼。她想的或許是……瑪麗活不久了。」

洛德說：「我只不過是猜想而已，我根本不知道她在想什麼。」

「不，我的朋友，你不只是猜想而已。」白羅說道。

／10

白羅坐在荷普金家裡。是洛德醫生帶他到這兒來的，他介紹白羅讓荷普金認識。進房後白羅向醫生使了個眼色，後者隨即理解地先行離去，所以現場只剩下白羅和女主人。一開始，荷普金護士拿斜眼盯著這位外國客人，但不一會兒就恢復了常態，她略帶感傷的興味說：「是呀，真是件駭人聽聞的事，這是我所碰過最可怕的事。瑪麗是個絕無僅有的美人兒，簡直可以去當電影明星，個性又十分善良端莊。雖然她集所有寵愛於一身，但她從未自命不凡。」

白羅巧妙地插進一個問題。

「你指的是韋爾曼夫人的寵愛嗎？」

「我就是這個意思，老夫人非常疼愛她，真的，非常疼愛。」

「這很不尋常，是不是？」

「就情況來看，這很自然，我是說……」荷普金咬著嘴唇，看來有點迷惘。「我是說瑪麗那麼討人喜歡，說話聲音輕柔，態度又和悅，一個上了年紀的人有這樣的年輕人在身邊，對他們是很受用的。」

「我猜想奧莉隆小姐應該偶爾會來探望她姑媽吧？」白羅問。

荷普金銳利地回答：「奧莉隆小姐是高興才來呢。」

「你不喜歡奧莉隆小姐？」白羅低聲說道。

荷普金叫道：「很慶幸我是不喜歡。下毒的人！她是個冷血的下毒者！」

「哈，」白羅說，「我看得出你心中已有定見。」

「你是什麼意思？我心中已有定見？」

「你這麼確定是她下嗎啡毒死瑪麗・傑勒德？」

「那你告訴我，還會是誰下的毒？你該不會懷疑是『我』吧？」

「目前還不會。只是，別忘了，她的罪行還未經證實呢！」

荷普金護士語氣沉穩地說道：「是她做的不會錯。不說別的，光看她的神色就知道了。她從頭到尾都一副陰陽怪氣的模樣。還有，她故意把我帶到樓上，讓我留在那裡……拚命拖延時間。後來當我發現瑪麗不對，轉身面向她時，她竟然臉上毫無表情！她知道我了解怎麼一回事了！」

白羅若有所思地說：「是很難找出其他有嫌疑的人。當然，除非她是自己服下的。」

「你是什麼意思？她自己服下的？你是說瑪麗是自殺的囉？從沒聽過這麼荒唐的話！」

白羅說：「這誰也無法肯定。年輕女孩的心情是非常敏感、脆弱的。」他停了一下。

「我猜這也是有可能的吧？她或許趁你們不注意的時候，攙了什麼東西在茶裡面？」

「你是說，攙在她自己的杯子裡？」

「是的，你不可能從頭到尾盯著她看吧？」

「我沒有一直在注意她，沒有。是呀，我想她是有可能那麼做……但這還是說不通！她幹嘛要如此？」

白羅又重複之前的口氣，搖搖頭說：「年輕女孩的心情啊……就如我剛才說的，是很敏感的，或許一段不順利的戀愛，或許……」

荷普金護士哼了一聲。

「女孩子不會為了愛情不如意而自殺，除非為了家庭因素……但瑪麗根本不是那麼回事，我告訴你！她根本對那種事心存抵抗。」

「所以她沒在談戀愛？」

「她這邊沒有。她很嚮往自由自在的感覺，喜歡自己的工作，也很享受生活。」

「但她一定有些仰慕者吧？她可是個迷人的女孩。」

荷普金說：「她不是那種風騷或新潮的女孩，她很文靜。」

「但村子裡一定有些男孩對她頗有好感吧？」

「是有一個叫泰德・畢蘭的人。」她說。

白羅套出許多泰德・畢蘭的事，巨細靡遺。

「他好迷戀瑪麗，」荷普金說，「但我對她說過，他根本配不上她。」

白羅說：「那他一定很氣她不接受他的感情吧？」

「是呀，他氣得很。」荷普金回道，「而且，還怪在我身上呢！」

「他認為那是你的錯？」

「他是那麼說。我當然有權利向她提出忠言。畢竟，我比她見多識廣，我不願見到那女孩走錯路了。」

白羅提出了一個新問題。

「說實在的，你為什麼這麼關心瑪麗的事呢？」

「嗯，我不知道……」荷普金猶豫不決地說，看來有點害羞又不好意思。「也許是因為瑪麗身上有種……有種浪漫氣息吧。」

「她本身是有，但她的出身就未必了吧？她是一個門房的女兒，不是嗎？」

「是……當然是。不過……」她眼神閃爍地瞧著白羅，白羅向她投以同情和理解的目光。「事實上，」她突然篤定地脫口而出。「瑪麗根本不是老傑勒德的女兒，這是他親口告訴我的。她的親生父親是個紳士呢。」

白羅說道：「我懂了……那她母親是誰？」

對方猶豫著，然後咬著唇說道：「她的母親是韋爾曼夫人的女僕，她是在生下瑪麗之後才嫁給傑勒德的。」

「這真如你所說的，非常浪漫……神祕的浪漫。」白羅表現出談話氣氛很融洽的神情，回應著荷普金護士。

荷普金仰起臉龐。

「可不是嗎？當你知道一個別人都一無所知的祕密時，你總不免會對那個當事者感興趣吧？我也是因著某個偶然機會，才得知這件事的一些內情。老實說，那也是奧布萊護士導引我的，不過這又是另外一個故事了。但如同你所說，探索陳年往事是非常有趣的。有好多你猜都猜不到的悲劇喔！這是個悲哀的世界。」

白羅搖搖頭嘆息了一聲。荷普金突然警覺起來。

「我不該再談這件事了，我不會再透露一個字，以免多生是非。而且，它和本案也沒有關係。大家目前為止還認為瑪麗是傑勒德的女兒，我不能再多生枝節。不能讓她在死後蒙受恥辱。他娶了她的母親，這就是事實。」

白羅貿然問了一句：「你也許知道誰是瑪麗的生父吧？」

護士不情願地回答說：「算是知道，也可說不知道，我不是真的知道，只是猜的。常言道，父親的罪過往往落到孩子們身上。我不想再多說任何一句話了。」

白羅明智地轉移話題。

「有件……稍微敏感的事，但我相信我可以依賴你的判斷力。」

荷普金拘謹起來，親切的面孔泛起了微笑。

白羅說道：「我指的是羅迪．韋爾曼先生，我聽說，他迷戀上瑪麗了。」

「簡直是魂不守舍！」

「即使他已與克里修小姐訂婚了？」

「要我說，他其實從未真正愛過她，那種感情在我看來不叫作『愛』。」

白羅含蓄地問道：「瑪麗，呃，有鼓勵他來追求嗎？」

荷普金尖聲回答道：「瑪麗是很自愛的，誰也不能說是她引誘了他。」

白羅說：「她愛上他了嗎？」

「不，她沒有。」

「但也滿喜歡他的？」

「哦，是的，她挺喜歡他的。」
「我猜，如果瑪麗沒死的話，將來他們可能會在一起。」
「確實可能。」荷普金承認道，「可是瑪麗做事不會操之過急。她曾在這兒對他說過，他和奧莉隆已有婚約，他不該向她表白感情。當羅迪去倫敦找她時，她也是這樣說的。」
白羅頗感興趣地問道：「你自己對羅迪的看法如何？」
「他是一個本質純良的年輕人，雖然有點神經質，感覺他以後會很消沉悲觀。很多神經質的人都是這樣。」
「他喜歡他的嬸嬸嗎？」
「我想是的。」
「當他嬸嬸病重時，他是否坐在病榻前照顧過她呢？」
「你是指她第二次中風的時候？也就是她死的那天夜裡嗎？依我看，他連嬸嬸的房間都沒進去過。」
「真的是這樣嗎？」
荷普金急忙補充說道：「她沒找他來，再說我們也不知道她快要死了。你知道，有好多男人都怕走進病人的房間。他們就是沒辦法。這不是他們無情無義，只是他們不願意過於悲傷。」

白羅理解地點點頭。

「你確定韋爾曼先生在他嬸嬸臨終之前，都沒進過她的房裡嗎？」

「我在值班的時候沒有。奧布萊護士凌晨三點來接我的班，或許她碰見過他，但她沒對我提過這件事。」

「他有沒有可能在你離開的時候進去呢？」

荷普金立刻惱怒起來。

「我可從來沒有扔下我的病人不管過，白羅先生。」

「請你多多諒解，我不是這個意思。我是在想，也許你得下樓去燒開水或去拿點興奮劑之類的……」

荷普金的態度緩和下來，她說：「我的確下樓去換過水瓶和裝水。廚房裡時時有滾水在燒。」

「你下去很久嗎？」

「大概有五分鐘吧。」

「噢，是嗎，那麼韋爾曼先生是否可能在這個時間進房去看她？」

「那他動作一定是很快。」

白羅嘆口氣說：「如你所說，男人確實很羞於面對疾病，只有女人才能充當守護天使。

如果沒有她們，我們該怎麼辦哪！特別是你的職業……真是個神聖的行業呢！」

荷普金護士的臉微微一紅，說：「你這麼說，我太感謝了，但我從不這麼認為。護士工作太辛苦，根本體會不到它的神聖感。」

白羅說：「關於瑪麗・傑勒德，你再沒什麼可提了嗎？」

一段明顯的沉默之後，荷普金回答說：「其他的我什麼也不知道了。」

「你確定嗎？」

護士有些牛頭不對馬嘴地說道：「你不明白。我喜歡瑪麗。」

「而你已沒有什麼可再對我說了？」

「是的，沒有了，絕對沒有了！」

11

在端莊嚴肅、身穿黑服的碧夏太太面前，白羅表現出一副卑微謙恭的態度。想要融化這位碧夏太太，真是件不容易的事。因為深具保守黨意識和傳統的碧夏太太，看不慣所有的外國人；而白羅百分之百是個外國人。她的反應冷若冰霜，兩隻眼睛嫌惡、懷疑地瞅著他。

洛德醫生的引薦毫無緩和之效。

「我相信，」洛德醫生離開後碧夏太太說道，「洛德醫生是個非常聰明的醫生，而且技術也不錯。那個前任醫生蘭塞姆醫師，在這兒待了好幾年。」

這幾句話的意思是，蘭塞姆醫生的行事比較符合村裡的規矩；而洛德醫生呢，只是一個沒責任感的毛頭小子，走了好狗運取代了蘭塞姆醫生的位置，而該人值得稱道的地方只有「聰明」二字。

而「聰明」……從碧夏太太的態度看來，對一個醫生來說是不夠的！

白羅平常能言善道，頭腦靈活，但即使他使盡渾身解數賣弄聰明，碧夏太太仍舊是一副冷漠、敵對的姿態。

韋爾曼老夫人過世很令人悲傷，她很受鄰里尊敬。逮捕克里修小姐的行動是很「令人不齒」的事，她相信這是那些「新式辦案手法」的傑作。對於瑪麗．傑勒德之死，碧夏太太的看法相當曖昧。「我說不上來，真的。」是她唯一的評語。

白羅打出最後一張牌。他喜不自勝地提到他去拜訪聖君翰的事，他充滿傾慕地說及那位皇室貴族的仁慈、親和、大氣及謙和。

碧夏太太每日的生活重心，就是研究那些皇親貴戚的動向，這一聽之下，她降服了。再怎麼說，如果他們都去邀請白羅先生了……呃，那情況當然就大大不同了。管他是外國人還是本國人，她艾瑪．碧夏算哪根蔥，如何能和皇室貴胄的看法背道而馳？

立時，她和白羅先生熱烈討論起一個十分有趣的話題……就是伊莉莎白公主擇求良婿的問題。

最後，在一一過濾掉所有最可能的候選者後——結論是「都不夠好」——他們的話題開始無聊地重複繞圈圈。

白羅吟誦地說：「婚姻啊，充滿著風險與陷阱哪！」

碧夏太太回道：「說得沒錯，因為有這可恨的離婚制度。」她說得好像那是一種有傳染性的疾病，就像水痘還是什麼的。

「我想，」白羅說，「韋爾曼夫人生前一定很想看到她的侄女有個好歸宿吧？」

碧夏太太低一下頭說道：「是的，奧莉隆小姐和羅迪先生訂婚讓她鬆了一口氣，她一直希望他們能結合。」

白羅冒險再探。

「因此他們之所以訂婚，有部分原因是為了取悅她？」

「哦，不，不是這樣的，白羅先生。奧莉隆小姐一直深愛著羅迪先生……一直如此，還是個小女孩時便是，這很明顯。奧莉隆小姐具有忠誠、奉獻的美德。」

「那他呢？」他低聲問道。

碧夏太太嚴厲地說：「羅迪先生也愛著奧莉隆小姐。」

「但婚約最後還是解除了？」

碧夏太太激動起來，她說道：「這都要怪那條隱藏在草叢裡的毒蛇所設下的詭計，白羅先生。」

白羅恰到好處地表現出一副震驚的樣子。

「真的啊？」

碧夏太太臉色愈發緋紅。

「在我們的國家，按規矩是不應當說死者壞話的，可是這個女孩，白羅先生……噢，行為很卑鄙。」

白羅若有所思地看了她好一會兒，然後他率直地說：「這很讓我驚訝。在我聽到的，都說這女孩是個單純、樸實的人。」

碧夏太太的下巴微微顫抖。

「她很有手腕，白羅先生，大家都被她騙了，像那個荷普金護士就是，還有我可憐的女主人也是。」

白羅感慨地搖搖頭，發出嘖嘖的聲音。

碧夏太太備受鼓勵，繼續說道：「可憐的人，她的病情一天比一天惡化，這個黃毛丫頭趁機取得她的信任。她當然知道她的金主在哪裡，成天盡在她身邊繞，為她唸書，帶花送給她。老夫人一天到晚瑪麗這瑪麗那，要不然就是『瑪麗去哪裡了』，她還花了許多錢栽培她。讓她去上貴族學校、去國外留學……她不過是老傑勒德的女兒啊！可是，老傑勒德並不領這份情呢。他看不慣她那副上流小姐的模樣。不自量力，那就是她。」

這次白羅搖著頭，還心有同感地說著：「天哪，天哪。」

碧夏太太繼續說著：「然後看看她接近羅迪先生的方式！他太單純了，所以看不清她這個人。而像奧莉隆小姐那麼善良的人，當然也不了解是怎麼回事。男人都一樣，只要一張漂亮的臉蛋，再諂媚一番，他們就招架不住了。」

白羅嘆了一口氣。

「應該有和她身分相當的男孩子喜歡她吧？」

「當然有！羅夫·畢蘭的兒子泰德就是。他可是個打著燈籠也找不著的好青年呢！可是，噢，不可以，他高攀不上我們那位淑女。我真受不了她那副架子和德性。」

「她這樣對待他，他不生氣嗎？」

「有啊，他責備她對羅迪先生調情。我知道那是事實，我不奇怪那孩子會大發脾氣。」

「我也是。你提的事使我很感興趣，碧夏太太，你口才太好了，才幾句話就能準確地描述出一個人的性格，我對瑪麗·傑勒德終於有個清晰的印象了。」

「提醒你，」碧夏太太說道，「我不會再說這女孩一句壞話了，我不喜歡做這種事，何況她已經死了。不過，她確實製造了好些麻煩。」

「真不知這件事會如何收場？」他囁嚅道。

「我也是這麼想！」碧夏太太說，「我說的不會錯，白羅先生，如果我的女主人沒有這麼過世——雖然當時我們受到頗大的驚嚇，但現在看起來，還真是老天有眼——我真不敢想像結果會如何呢！」

白羅試探地問：「你的意思是……」

碧夏太太嚴肅地說：「這種事我聽過好幾次。我自己的妹妹就都在現場。一次是藍道夫上校去世，沒把財產留給他太太，卻把它送給伊斯特本的一個浪蕩女人。另一個是達奎斯夫人，把財產全留給一個教會的風琴演奏家……那種留長髮的年輕小夥子。她有一大堆繼子繼女呢！」

白羅說：「據我理解，你的意思是，韋爾曼老夫人很可能把她所有的財產都留給瑪麗·傑勒德？」

「果真如此，我也不會感到驚訝！」碧夏太太說，「我敢說，那就是那個女孩汲汲營營的目標。如果我膽敢進言一句，韋爾曼夫人一定會把我斥責一頓，即使我已經服侍她快二十年了。這是個薄情寡義的世界，白羅先生。你只是想盡自己的責任，但沒人會感激你。」

「唉！」白羅嘆道，「說得真對。」

「不過邪惡是不可能永遠得逞的。」

「是呀，瑪麗·傑勒德已經死了……」

「她是得到報應了，我們也不必再批判她。」

白羅凝神思索了一下。

「她死亡的情況好像相當令人費解。」

「都是那些警察和什麼新辦案手法搞出來的。像奧莉隆小姐這麼有教養、出身良好的人會去下毒害人？還想把我也拖下水，說什麼我提過她的態度怪怪的！」

「但是不是真的怪怪的？」

「怎麼可能不怪？」碧夏太太噴出一口氣。「奧莉隆小姐也是個有血有肉的人，她是要去整理姑媽的遺物，那是一個痛苦的工作啊！」

白羅理解地點點頭，說：「如果你陪著她一起整理，那她會輕鬆多了。」

「我是想陪她去啊，但她立刻就拒絕我了。噢，奧莉隆小姐一向自重、客氣。早知道陪她去就好了。」

「你沒想到要跟在她後面去杭特伯利莊？」白羅問。

碧夏太太高傲地仰起頭。

「我不會去不需要我的地方，白羅先生。」

白羅看來頗為難為情，他低聲說道：「你那天早上一定是有重要的事要去辦吧？」

「那天天氣挺暖和，我記得，非常悶熱。」她嘆口氣。「我走進墓園，想去韋爾曼夫人的墓前擺束花，表示悼念。我在那裡休息了好久時間，因為我差點熱昏了。我回家時午餐時間都過了，我妹妹看到我滿身是汗都氣壞了，她說我不該大熱天出去做這種事。」

白羅激賞地看著她。

「我敬佩你，碧夏太太，你對死者的關懷，絕對是無愧於心。我想，韋爾曼先生一定很後悔那天晚上沒有進去見他嬸嬸最後一面……當然，他那時並不知道她會這麼突然就走了。」

「不，你錯了，我可以告訴你一件事：羅迪先生當晚曾經進去他嬸嬸的房間。那時我剛好走上樓梯的平台。之前我聽到護士下樓的聲音，擔心老夫人萬一需要什麼卻找不到人，便上去看看。你也知道那些護士，一下樓去就會留在下面嚼舌根，跟她們要點東西也不知道拿的對不對。荷普金護士比那個紅頭髮的護士好一點……她一天到晚就知道找人聊天、惹些麻煩。好，於是我想最好上去看一下，就是在那個時候，我看到羅迪先生溜進他嬸嬸的房間。我不知道她曉不曉得他進去了，但不管如何，他是不必為了沒見上嬸嬸最後一面而自責。」

白羅說：「那就好了。他那個人個性太神經質了。」

「只是有點反覆不定罷了，他常常如此。」

「碧夏太太，我認為你是一位頭腦清楚的女人，我絕不敢小看你的判斷。」白羅柔聲細語地說，「依你看，瑪麗是怎麼死的？」

碧夏太太「噗嗤」一聲笑了出來。

「這太簡單了，我認為就是吃了從艾博特那兒買來的魚肉餡中毒了。他那兒賣的東西都是放了好幾個月的舊貨，我表姐吃了他們的蟹肉罐頭，差點就一命嗚呼了！」

「可是怎麼會在屍體裡發現嗎啡呢？」白羅反駁。

「有關嗎啡的事，我一點也不清楚，可是我很知道這些醫生，你告訴他們可能有什麼，他們反正都能夠找到。腐爛的魚肉餡對他們來說不夠刺激！」

「你不認為瑪麗是自殺的嗎？」

「她？」碧夏太太嗤之以鼻。「我不認為。就在她拿定主意要嫁給羅迪先生的時候？她絕對不可能自殺的！」

12

適逢星期日，赫丘勒．白羅遂在泰德．畢蘭家的農場找到他了。

白羅不費吹灰之力就使泰德說出了自己真正的想法，他好像一直在等待機會一吐為快，似乎這是種解脫。

「這麼說來，你曾經想查出到底是誰殺了瑪麗？這是件困難的事。」

「所以你並不相信是奧莉隆小姐殺害了她？」

泰德像小孩子般迷惑地皺起眉頭，慢吞吞地回答說：「奧莉隆小姐是一位真正的淑女，她是那種……你很難想像她會做出這種殘暴的事。先生，一個善良的小姐是不會做出那樣的事吧？」

白羅沉思著點點頭說：「是不太可能，不過一旦妒火中燒的時候……」

他停住了，看著那個英俊挺拔的單純男孩。

泰德說：「妒火中燒？我知道有這樣的事情，但它只不過會讓你喝個爛醉，大發一頓脾氣，橫衝直撞亂跑一陣罷了。奧莉隆小姐是那麼和氣文靜……」

「可是，」白羅堅持說道，「瑪麗確實死了，而且不是自然死亡。請你好好想一想，你知道還有哪些可以幫助我們找到殺人犯的線索嗎？」

年輕人緩緩地搖著頭說道：「這彷彿不是真的。怎麼會有人要殺害瑪麗？她就像……像一朵花。」

一個鮮明的瞬間，白羅對這位死去的女孩突然有了另一番觀感。聽著泰德斷斷續續的哀嘆聲，這女孩瑪麗又重新復活，綻放著青春活力。「她就像一朵花……」白羅感到一陣劇烈的失落，似乎是某種完美被摧毀了……白羅的腦海一陣陣浮現對瑪麗的評語。洛德說：「瑪麗是個善良的孩子。」荷普金護士說：「她隨時可以去拍電影。」碧夏太太不懷好意地說：「受不了她的做作和故作優雅。」而在最後此刻，泰德又靦腆地拋出這麼一句簡單卻迥異於其他形容的抽象之語：「她像一朵花。」

赫丘勒．白羅說：「不過，事實上……」

他攤開雙手，做了個大大的、探詢的外國人手勢。

泰德．畢蘭點點頭。他的雙眼仍然呆滯，像隻痛苦的動物似的。他說：「我知道，先生。我知道你說的沒錯。她並不是自然死亡。但是我很懷疑……」

他打住不語。

白羅問：「是嗎？」

泰德．畢蘭慢慢地說：「我一直很懷疑這可不可能是一起意外？」

「意外？哪一種意外？」

「我知道，先生，這聽起來好像不太合理，但我想了又想，總覺得事情應該就是這樣，它的發生是出於無意的，或者全是一場誤會，就是……嗯，就只是一場意外。」

他懇切地看著白羅，並為自己的口才不流利感到不好意思。

白羅沉默了一會兒，似乎在考慮什麼。最後他開口道：「你會這麼覺得倒是有意思。」

泰德．畢蘭不以為然地說：「我敢說，你一定覺得沒道理，先生。我也說不出怎麼回事以及為什麼，只是一種感覺罷了。」

赫丘勒．白羅說：「有時候，感覺是一種重要的指引……如果我這麼說像是在傷口上撒鹽，希望你可以原諒我……你非常喜歡瑪麗．傑勒德吧，對吧？」

泰德率直地說：「我想這裡的每個人都知道。」

「你想和她結婚嗎？」

「是的。」

「但是她……她不願意？」

泰德的臉微微沉了下來，他帶著一絲惱怒說：「許多人的作為本意很好，但是他們不應該插手介入，把別人的生活弄得一團糟。那些上學、出國等等事情改變了瑪麗。我不是說她被寵壞了，或是變得趾高氣揚，並不是，只是那些事……那些事迷惑了她！她再也不知道自己身在何處。她……嗯，我失禮地說好了，她太好了，我配不上她；不過對韋爾曼這樣一個貨真價實的紳士來說，她還是不夠好。」

赫丘勒・白羅注視著他說：「你不喜歡韋爾曼先生嗎？」

泰德・畢蘭惡狠狠地說：「見鬼了，我幹嘛要喜歡他？韋爾曼先生很好，我對他沒有意見。雖然他稱不上我所謂的男子漢！我可以和他單挑，把他劈成兩半。我想，他有副好腦袋……但是比方說，遇到你的車子拋錨了，那可幫不上什麼忙。或許你知道車子運轉的原理，但這時你還是不可避免的會像嬰兒般無助；其實你只要把鎂合金車輛拆下來擦揩、上點油就行了。」

白羅說：「所以，你在汽車修理廠工作？」

泰德・畢蘭點點頭。

「韓德森車廠，就在這條路上。」

「那天早上……發生這件事的時候，你人在那裡嗎？」

「是的，我正在為一位先生測試車子，那車子不知哪裡塞住了，但我找不到毛病所在。那天天氣很好，樹籬上還開了些忍冬……瑪麗以前很喜歡忍冬花，在她出國前，我們常一起去摘……」

他的臉上再度奇異地浮現出困惑、孩童般的神情。

赫丘勒．白羅為之默然。

泰德．畢蘭突然回過神來。他說：「抱歉，先生，忘掉我對韋爾曼先生的評語吧。我很傷心，因為他纏上了瑪麗，他應該放過她。她不是他那種階層的人……不真的是。」

「你認為她喜歡他嗎？」

泰德再次皺起眉頭。

「我不覺得……應該不是。但她以後可能會吧，我不敢肯定。」

白羅說：「在瑪麗的生命中，還有沒有其他男人？任何人，比方說，她在國外認識的人？」

「我不清楚，先生，她從未提及任何人。」

「在曼登佛德本地，她有任何不和的人嗎？」

「你是指會下毒害她的人嗎？」他搖搖頭又說：「大家都不是很了解她，可是他們都喜歡她。」

白羅說：「杭特伯利莊的管家碧夏太太喜歡她嗎？」

泰德突然咧嘴一笑說：「噢，她心裡有怨氣！那個老管家不喜歡韋爾曼老夫人這麼喜愛瑪麗。」

白羅問：「瑪麗・傑勒德在這裡快不快樂？她喜歡韋爾曼老夫人嗎？」

「如果護士別老纏著她，我敢說，她可快樂得很。我是指荷普金護士。就是她勸瑪麗要賺錢謀生、出去學按摩。」

「荷普金護士喜歡瑪麗嗎？」

「噢，是的，大致說來是喜歡，可是荷普金是那種喜歡給人出主意、好為人師的人。」

白羅不疾不徐地說：「假如荷普金知道了什麼——我們這麼說好了，某些有損於瑪麗的事——你看她會不會保密？」

泰德好奇地看著他說：「你的意思我不太懂栩，先生？」

「你認為荷普金護士如果知道某些不利於瑪麗的事，她能守口如瓶嗎？」

泰德・畢蘭說：「我懷疑她能否守得住任何祕密！村子裡老少皆知她是個愛說閒話的人。但要是她能替誰保守祕密，那大概也只有瑪麗了。」他愈來愈感到好奇，說道，「你問這個做什麼？」

白羅說：「你知道，對人的既定印象往往是從談話中得來的。荷普金護士給人的印象非常誠懇坦率，可是我強烈地感覺到她隱瞞了一些事。這些事倒不一定很重要，也可能與案子無關。但她沒把知道的某件事和盤托出。我還感覺到這件事……不管那是什麼事，對瑪麗來說是不光彩或不利的。」

泰德無能為力地搖搖頭。

白羅嘆了口氣說：「唉，好吧。我遲早會知道那是什麼事。」

13

白羅感興趣地望著羅迪・韋爾曼那張敏感的長臉。

羅迪的神經正處於淒慘可憐的狀態。他的雙手抽筋，眼睛充血，聲音既沙啞又煩躁。

他看著名片說：「當然，我聽過你的名字，白羅先生。但我不懂洛德醫生認為你能幫上什麼忙！而且不管怎麼說，這關他什麼事？他負責照顧我嬸嬸，除此之外，他完全是個外人。在今年六月之前，奧莉隆和我甚至沒見過他呢！這種事應該是塞登來料理才對吧？」

赫丘勒・白羅說：「技術上來說，是的。」

羅迪不高興地繼續說道：「塞登並不是讓我很有信心，他悲觀得要命。」

「那是律師的習慣。」

「而且，」羅迪稍微振奮了點。「我們也委託布默了。據說他是律師界的頂尖高手，對吧？」

赫丘勒．白羅說：「他向來以令人絕望著稱。」

羅迪的臉抽搐了一下。

白羅說：「我想盡力幫助奧莉隆小姐，這不會讓你不高興吧？」

「不，當然不會，可是……」

「可是我能做什麼？這就是你想問的嗎？」

羅迪發愁的臉上迅速閃過一抹微笑，一個迅即擄獲人心的迷人微笑，讓赫丘勒．白羅了解到這個男人微妙的吸引力。

羅迪帶著歉意說：「我知道我這麼問有些失禮，不過，這的確是重點，我就直話直說了：你到底能做什麼呢，白羅先生？」

白羅說：「我能找尋真相。」

「是啊。」羅迪的聲音帶著一絲疑慮。

白羅說：「我可以找到對被告有利的線索。」

羅迪嘆了一口氣。

「但願如此！」

白羅繼續說：「我很誠摯地希望能幫得上忙。你是否願意說出你對這案子的想法，幫我釐清案情？」

羅迪站起來，心神不定地在屋裡踱起步來。

「我能說什麼呢？整件事是這麼荒誕離奇。奧莉隆，打從孩童時代我就認識她了，她怎麼可能做出這種下毒殺人的通俗劇碼。一想到這點我就覺得好笑！但是到底該如何向陪審團解釋這一切呢？」

白羅不動情地說：「你認為克里修小姐不可能做出這種事嗎？」

「噢，當然！那是無庸置疑的！奧莉隆是細膩優雅的人，無論身心都平衡自在，毫無暴戾的天性。她聰慧、敏感，全無動物般的激情。但陪審團席上坐的是十二個遲鈍的傻瓜，天知道該怎麼做才能取信他們！總之，我們得理智一點，他們並不是去判斷人，而是去研判證據。事實，他們只要事實，但所有的事實都不利。」

白羅沉思地點一下頭說；「韋爾曼先生，你是個思路清晰的人，雖然既有的證據顯示奧莉隆小姐有罪。但依你對她的了解，你認為她是清白的。那麼，到底實際上是怎麼回事？到底發生了什麼事？」

羅迪惱怒地攤開雙手。

「就是這點要命！我想，護士不會做出這種事吧？」

「她沒接近過三明治，這點我已經仔細調查過了。她也沒有在茶裡下毒，不然她自己也會中毒，這不用懷疑。再說，她有什麼理由要殺害瑪麗·傑勒德呢？」

羅迪叫道：「怎麼會有人想要殺害瑪麗呢？」

「這點，」白羅說，「就是此案費疑猜的地方了。誰也沒有動機要殺害瑪麗（他心裡補了一句：『除了奧莉隆之外』）。那麼，依照邏輯推理來說，瑪麗理應不會受害。但是，哎呀，事實卻並非如此，她確實不幸遇害了。」

白羅有點感傷的加了一句：「『她躺在她的墓穴中，噢，老天竟如此對待我！』」

「抱歉，我不懂你的意思。」羅迪說。

赫丘勒·白羅解釋道：「那是華茲華斯[3]的詩句，我讀了很多他的詩。或許這些詩句頗為傳神吧，你覺得呢？」

「我？」

羅迪的神情僵硬冷淡。

白羅說：「對不起，我必須致上深深的歉意！要做偵探，同時又要當個一流的紳士，實在很難兼顧。就像你們有句話說得很好：有些事情，紳士是不該啟齒的，但是，唉，偵探卻不得不開口。偵探必須問問題，像是個人的私事、他們的感想等等。」

羅迪說：「這些事並不一定都是必要的吧？」

白羅馬上謙遜地說：「讓我了解一下你的立場，可以嗎？這樣我們就能略過那些令人不快的話題。韋爾曼先生，眾所周知，你……你喜歡瑪麗．傑勒德，我想這應該是真的吧？」

羅迪站在窗戶旁，擺弄著窗簾的流蘇回答說：「是的。」

「你愛上她了？」

「應該是吧。」

「啊，如今她的死一定讓你心碎不已……」

「我……我想……我的意思是，嗯，說真的，白羅先生……」

這個神經質、不安、敏感的傢伙感到進退維谷。

赫丘勒．白羅說：「你只要告訴我……明確地告訴我，那麼我就不再問這個問題了。」

羅迪．韋爾曼坐在椅子上，誰都不看。他急促地說：「這實在很難說清楚。我們一定得談這件事嗎？」

白羅說：「對於人生中的不愉快，人不可能總是別過頭不理它。韋爾曼先生！你說你應該是喜歡這個女孩的。這麼說來，你並不是很確定囉？」

羅迪說：「我不知道……她是那麼美麗動人。那像是一場夢……就是這樣，一場夢！完

3 華茲華斯（William Wordsworth, 1770-1850），英國十八世紀著名的浪漫主義詩人。

全不是真的！當我初次看見她時，我，嗯，我就迷上她了……像是喪失了理智。可是現在一切都結束了、消逝了……彷彿什麼也沒發生過。」

白羅點點頭。他說：「是的，我能理解你的心情……」接著又說：「她死的時候，你人不在英國吧？」

「不在。我七月九日出國，八月一日才回來。我每到一個地方奧莉隆都會拍電報給我。我一聽到這個消息，就馬上趕回來了。」

「這肯定讓你大吃一驚，你是那麼喜歡這個女孩。」白羅說。

羅迪的聲音夾雜著痛苦和氣惱，他說：「好端端一個人為什麼會遇到這種事？誰也不願碰到這種事。所有生活在有秩序有希望的社會中的人，對這種事都深惡痛絕。」

赫丘勒．白羅說：「唉，但生命就是這樣！它不允許你依照自己的意志井然有序的安排它，它不允許你免於情緒的干擾，不讓你理智、合理地過日子！你沒辦法說：『我只要感受這麼多就好了。』韋爾曼先生，無論生命還有什麼其他樣貌，它絕不會是合理的。」

羅迪．韋爾曼喃喃道：「看來是如此……」

白羅說：「一個春日早晨，一張女孩的臉龐……然後生命中的井然有序便一夕間被破壞無遺了。」

羅迪畏縮了一下，白羅又說：「有時候，有些事比『一張臉』更複雜些。你對瑪麗到底了解多少，韋爾曼先生？」

羅迪沉重地說：「我了解多少？很少，到現在我才明白。我想，她很可愛、和善；但說真的，我對她了解不多，幾乎是一無所知……我想，這就是為什麼我並不懷念她……」

他的敵意和惱火此刻已消逝無蹤，說話的語氣也變得輕鬆自然。對於識破他人、解除戒心，赫丘勒．白羅深諳其中的竅門。

羅迪看起來似乎放鬆了不少，他說：「可愛，和善，但不是很聰明。我想，她滿敏感、善良。她擁有一種高雅的特質，那是你在和她同一階級的女孩身上看不到的。」

「她是那種無意中會為自己樹敵的人嗎？」

「不，不是。」羅迪連忙搖頭說，「我想不出有誰會討厭她……我的意思是，真的討厭她。不過，心懷惡意就另當別論了。」

白羅馬上說：「惡意？你認為有人心懷惡意？」

羅迪茫然地說：「應該是吧……因為那封信。」

白羅犀利地問：「什麼信？」

羅迪臉紅了，他懊惱地說：「噢，無關緊要的東西。」

白羅再問了一次：「什麼信？」

「一封匿名信。」羅迪不情願地回答。

「什麼時候收到的？寫給誰？」

羅迪相當不情願地做了解釋。

白羅喃喃道：「有意思，我可以看一下那封信嗎？」

「恐怕沒辦法，事實上，我把它燒掉了。」

「為什麼要燒掉呢，韋爾曼先生？」

羅迪相當拘謹地說：「那時這樣做似乎滿自然的。」

白羅說：「接到這封信之後，你和奧莉隆小姐就趕到杭特伯利莊去了？」

「是的，我們就上那兒去了，可是並未特別『趕去』。」

「不過你們有些不安，對吧？甚至感到些許驚慌？」

羅迪更加不自在地說：「我並未這麼認為。」

白羅叫道：「但是，那樣的反應才合理啊！那些可能會留給你的遺產岌岌可危！對這件事，你當然應該焦急。錢可是非常重要！」

「並不像你以為的那麼重要。」

白羅說：「如此脫俗的想法實在了不起。」

羅迪臉紅了，他說：「當然，金錢對我們而言的確很重要，我們不能全然不重視它。可是，我們到那兒去的主要目的是……去探望嬸嬸，確定她是否一切安好。」

「你和奧莉隆小姐一起下去。」白羅說，「那時你的嬸嬸尚未立下遺囑，但不久之後她又發病了，於是她想立下遺囑。但韋爾曼夫人還沒來得及立遺囑，就與世長辭了。這點倒是造福了奧莉隆小姐。」

「喂，你在暗示什麼？」羅迪一臉憤怒。

白羅迅即回道：「你剛才說過，韋爾曼先生，出於嫉妒瑪麗．傑勒德而殺人，這絕對不可能是奧莉隆．克里修的犯案動機，因為她不是那種人。但是還有一種可能，奧莉隆的確有理由擔心外人剝奪她繼承遺產的權利。那封匿名信提醒她注意這個問題，而她姑媽臨終前含糊不清的交代也證實了這一點。當時護士的小藥箱就放在樓下的門廳，裡面放了各種藥品和醫療器材。若想從藥箱偷走一管嗎啡也是輕而易舉的事。之後，據我所知，當你和護士們去吃晚餐時，她曾單獨待在病人的房間裡陪她姑媽……」

羅迪高聲說道：「天啊，白羅先生，你這是在暗示什麼？你是指奧莉隆殺了蘿拉嬸嬸嗎？這太荒謬了！」

「你不是也知道嗎？」白羅說道，「對韋爾曼夫人重新開棺驗屍的申請已經批准了。」

「這我知道。但他們什麼也找不到！」

「如果讓他們找到了呢？」

「他們找不到！」羅迪的語氣堅定。

白羅搖搖頭。

「這就不確定了。你知道，韋爾曼夫人在那個時候過世，會因此獲利的只有一人……」

羅迪坐了下來。他的臉色蒼白，身體顫動了一下。他瞪著白羅說道：「我以為……你是站在她那一邊的……」

白羅說道：「不管站在哪一邊，一定都得面對事實！韋爾曼先生，我認為不管情況允不允許，你很習慣去逃避困境。」

羅迪說道：「人為何要往壞處看，然後藉此自尋煩惱？」

赫丘勒．白羅認真地答道：「因為這有必要……」

他停了片刻，又說：「讓我們來正視這種可能性吧：你姑媽的死，也許會被查出是下了嗎啡所致。你覺得呢？」

羅迪無助地搖搖頭。

「我不知道。」

「你一定要試著想想看。嗎啡會是誰下的？若說奧莉隆．克里修是最有機會下手的人，這你不否認吧？」

「護士呢？」

「她們的確是有下手的機會。不過，荷普金護士當時注意到管子遺失，並坦然提及此事。她其實沒有必要這樣做。死亡證明書已經順利簽發了，如果她有罪的話，幹嘛讓別人知道嗎啡不見了？她的疏忽很可能引來譴責，況且，如果是她毒殺了韋爾曼夫人，把注意力引到嗎啡上面豈非不智之舉？再者，韋爾曼夫人的死她可以得到什麼好處？一點好處也沒有。奧布萊護士的情況也一樣。她知道嗎啡的功效，也可以從荷普金護士的藥箱裡取得嗎啡；然而又是同樣的問題……她幹嘛這樣做？」

羅迪搖搖頭。

「你說的確實是實情。」

白羅說道：「此外，你自己也有機會下手。」

羅迪驚愕不已。

「我？」

「沒錯。你有機會偷走嗎啡。你可以對韋爾曼夫人下毒！那天晚上有一小段時間，你和她是獨處的。不過，又是同樣的問題，你幹嘛這樣做？如果她能活著立下遺囑，至少你的名字很可能在遺囑中會被提到。所以你看，這裡頭沒有動機。只有兩個人有動機。」

羅迪的眼睛亮了起來。

「兩個人？」

「是的。奧莉隆・克里修是其一。」

「另一位呢？」

白羅緩慢地說：「寫匿名信的人。」

羅迪一臉愕然。

白羅說道：「某人寫了那封信……某個恨瑪麗．傑勒德或不喜歡她的人，某個站在『你這邊』的人。換句話說，有人不希望瑪麗．傑勒德從韋爾曼夫人的死亡中得到好處。韋爾曼先生，請你想一想，寫那封信的人可能是誰？」

羅迪搖搖頭。

「完全沒概念。那是一封文句不通、老拼錯字又用字低俗的信。」

白羅揮揮手。

「這算不了什麼！為了掩飾真相，一個受過高等教育的人，也可以輕易寫出那種信。這就是為什麼我希望你還把信留著。企圖以沒受過教育的方式來寫信，通常都會露出馬腳。」

羅迪若有所思地說道：「奧莉隆和我認為，可能是某個僕人寫的。」

「可能是他們其中的哪一個？你有沒有任何想法？」

「沒有，什麼想法都沒有。」

「你認為，可能會是管家碧夏太太嗎？」

羅迪看起來吃了一驚。

「啊，不可能，她是最受尊敬、最高尚的人。她的文筆優美、字跡娟秀，還會在華麗的修飾文字中夾雜一些難寫的字。此外，我確定她絕不會……」

看羅迪語帶遲疑，白羅插進來說：「她不喜歡瑪麗・傑勒德！」

「我想，她是不喜歡，儘管我沒注意到有什麼特別之處。」

「但是，韋爾曼先生，或許你並未多加留意。」

羅迪慢慢地說：「白羅先生，你不認為我嬸嬸可能是自己服下嗎啡的嗎？」

白羅緩慢地說：「是的，這也是一種可能。」

羅迪說：「也許她痛恨自己臥病在床、毫無希望，你知道的，她常說她希望求得一死。」

白羅說：「但是，她能夠獨自從床上起身，然後下樓到護士的藥箱裡取得一管嗎啡嗎？」

羅迪緩緩說道：「不可能，但或許某個人可以幫她拿到嗎啡。」

「誰？」

「嗯，某位護士。」

「不會的，不會是護士。她們太了解那東西的危險性！護士的嫌疑最小。」

「那麼，就是另有其人……」他吃驚地張開嘴巴，然後又闔起。

白羅平靜地說：「你想起某些事情了，對吧？」

羅迪遲疑地說：「是的，不過……」

「你不知道該不該告訴我？」

「嗯，是的……」

白羅的嘴角浮起一絲古怪的微笑，他說：「克里修小姐什麼時候告訴你的？」

羅迪深深吸了一口氣。

「天哪，你真是個巫師！什麼都瞞不了你。那是在前往探視嬸嬸的火車上。我們收到電報，你知道，上頭說是嬸嬸又發病了。奧莉隆說她真為嬸嬸感到難過，可憐的老人家是多麼痛恨病痛折磨啊，如今想必她更加倍感無助，還說那對她而言不啻於身在地獄。奧莉隆說，如果病人真的想要一死，實在應該幫助他們解脫才對。」

「然後，你……怎麼說？」

「我同意她的說法。」

白羅非常嚴肅地說：「韋爾曼先生，剛才對於克里修小姐因錢財而犯案的可能性，你嗤之以鼻。如今對於克里修小姐出於同情而殺死韋爾曼老夫人的可能，你是否仍不以為然？」

羅迪說：「我，我……不，我不能……」

白羅低下頭來，說道：「是的，我知道，我很確定你會這麼說……」

／14

在塞登律師辦公室裡，赫丘勒．白羅受到的款待可說是戒慎恐懼，更別提那種滿腹猜疑的態度了。

塞登先生以食指撫摸乾淨的下巴，他的態度曖昧，精明的灰色眼眸若有所思地打量眼前的偵探。

「白羅先生，你的大名的確如雷貫耳。不過，我不太明白你在此案中扮演的角色。」

赫丘勒．白羅說道：「先生，我在尋找對你客戶有利的證據。」

「哦，是這樣嗎？是誰……嗯，請你從事這項工作？」

「我是受洛德先生之託。」

塞登先生的眉毛抬得老高。

「是嗎？這真是不尋常，太不尋常了。據我所知，洛德先生是檢方傳訊的證人。」

赫丘勒．白羅聳聳肩。

「那又如何？」

塞登先生說道：「克里修小姐的辯護案完全由我們負責。我不認為這個案子我們有需要任何外援。」

「原因是你當事人的清白很容易證明嗎？」白羅問道。

塞登先生迴避這個問題，然後憤怒地打起官腔。

「你這個問題，」他說道，「問得很不得體，非常非常不得體。」

赫丘勒．白羅說道：「控告你當事人的起訴案，是件非常棘手的案子……」

「何以見得，白羅先生，我不明白你是如何下此結論。」

「雖然洛德先生是實際上聘用我的人，但我這裡有一張羅迪．韋爾曼先生的短信。」白羅欠身將信遞出。

塞登先生讀了幾行字，然後勉為其難地說道：「既然有這封信，沒錯，那情況就大不相同了。韋爾曼先生是克里修小姐此樁辯護案的負責人。我們是在他的拜託下行動的。」

他的嫌惡之情溢於言表，並補充說道：「我們公司很少接……嗯，刑事案件，但是，我覺得我有責任為我那位，呃，過世客戶的侄女辯護。我們已經委託艾德溫．布默先生來當她的律師。」

白羅突然露出嘲諷的笑容說道：「真是不計成本。高招！」

塞登先生從眼鏡後方仔細打量他，然後說道：「事實上，白羅先生……」

白羅打斷他的聲明。

「辯才無礙和煽動情緒的做法救不了你的當事人。你們還需要別的東西。」

塞登先生冷淡地說：「閣下有何建議？」

「真相永遠存在。」

「的確如此。」

「但是在本案中，真相能助我們一臂之力嗎？」

塞登先生音量拉高八度地說：「你這個問題，又是非常不得體。」

「我有幾個問題想知道答案。」白羅說道。

塞登先生謹慎地說：「沒有我當事人的同意，我無法保證給予任何答覆。」

「這我自然明白。」他停頓了一會兒，接著又說道：「奧莉隆．克里修有任何仇家嗎？」

塞登先生略感驚訝。

「據我所知，沒有。」

「死去的韋爾曼夫人曾經立過遺囑嗎？」

「從來沒有。她遲遲未立遺囑。」

「奧莉隆．克里修立過遺囑嗎？」

「是的。」

「是最近的事嗎？在她姑媽去世之後？」

「是的。」

「誰是她的繼承人？」

「這個嘛，白羅先生，是私人機密。沒有我當事人的允許，我不能告訴你。」

白羅說道：「既然如此，我就必須和你的當事人談一談！」

塞登先生冷笑著說：「這事恐怕沒那麼簡單。」

白羅站起身來，做了個手勢。

「對赫丘勒．白羅來說，」他說道，「凡事都是輕而易舉。」

15

探長馬斯登十分殷勤友善地說：「噢，白羅先生，你今天大駕光臨是要為我們的案子指點迷津嗎？」

「不，不，我只是來滿足一下自己的好奇心，如此而已。」白羅低聲表示不然。

「太榮幸了，就怕讓你失望。是哪樁案子呢？」

「奧莉隆．克里修一案。」

「噢，是毒死瑪麗．傑勒德的那個女孩，兩個星期內，她就要上法庭受審了。這是個挺有意思的案件，順便提一句，那個老太太也是被她做掉的。雖然最後的驗屍報告還沒出來，可是，看起來應該錯不了。她用嗎啡下毒，真是個冷血的傢伙。無論被逮捕的當下或之後，她都毫不動容，而且什麼也不說。但是，不管怎麼樣，我們手中握有對她不利的證據，她脫不了關係。」

「你認為是她做的嗎？」

馬斯登，這個老練、和藹可親的人，此刻斷然說道：「百分之百地肯定。把毒放在最上層的三明治裡，好個冷血的小妮子。」

「你沒有絲毫疑慮？一點都不懷疑嗎？」

「噢，才不！我相當確定。當你很確定時，你會有種舒暢的感覺！我們警方比任何人都更討厭犯錯。我們才不像某些人以為的只會錄口供。這回我可是問心無愧地在辦案。」

白羅緩緩地說：「我明白了。」

這位蘇格蘭警場的成員好奇地望著他。

「有什麼不為人知的隱情嗎？」

白羅慢慢搖了搖頭。

「截至目前為止，倒是沒有。關於這件案子，迄今我所發現的每件事都指向奧莉隆·克里修有罪。」

馬斯登探長以興高采烈的肯定語氣說：「她有罪，沒錯。」

「我想見見她。」白羅說。

馬斯登探長寬容地微笑道：「內政大臣都對你言聽計從了，不是嗎？這件事很容易啊。」

／16

「怎麼樣？」彼得・洛德問道。

「不妙，情況不太妙。」白羅說。

彼得・洛德沉重地說：「你尚未掌握任何證據嗎？」

白羅緩緩地說：「奧莉隆出於嫉妒而謀害瑪麗……奧莉隆為繼承遺產而謀害姑媽……奧莉隆出於憐憫殺死了自己的姑媽……我的朋友，各種可能性都有，你自己編一個好了。」

「真是胡說八道。」洛德說。

「我是嗎？」白羅反問他。

洛德滿是雀斑的臉看起來很生氣，他說：「這到底是怎麼回事？」

「你認為有可能嗎，關於那個說法？」白羅說。

「什麼說法有可能？」洛德問。

「就是說，奧莉隆受不了眼睜睜看著姑媽受苦，於是幫助她姑媽脫離苦海。」

「真是胡扯！」

「這是無稽之談嗎？你自己不也曾告訴我，這位老太太求你幫助她早日解脫。」白羅說。

「她並不是認真的，她知道我不會同意這種事情。」

「總之，她曾有過這種念頭，而奧莉隆．克里修有可能會幫她。」

洛德來回踱步，最後終於開口說道：「一般人或許會做出這種事，但奧莉隆是一個頭腦冷靜、思慮清晰的年輕女孩。我不認為她會出於憐憫而去冒這個險，因為她很清楚自己得冒什麼風險。她很可能為此而被控謀殺。」

「所以你不認為她會做這件事？」

彼得．洛德緩慢地說：「我想，一個女人或許會為了她的丈夫、孩子或父母而做出這種事，但我不認為她會為了姑媽冒險，儘管她很愛她的姑媽。我認為除非遭受某種無法承受的痛苦，她才會做出這種事情吧。」

「也許你是對的。」白羅沉吟道。接著又問：「你認為羅迪．韋爾曼的感受足不足以驅使他做出這件事？」

「他沒有這個膽子。」洛德輕蔑地回道。

「這我存疑，在某些方面你太小看那個年輕人了。」白羅喃喃地說。

「呃，我敢說，他是個聰明多智的人。」

「沒錯！」白羅回答，「而且他也很有魅力……是的，我感覺得到。」

「你感覺得到？我倒是一點感覺都沒有。」接著，彼得．洛德認真地問：「喂，白羅，其中有什麼玄機嗎？」

「迄今為止，我的調查尚未露出幸運的曙光。所有的線索都指向一個事實：沒有任何人從瑪麗的死亡中獲益；也沒有任何人憎恨瑪麗，除了奧莉隆．克里修。只有一個問題可以想一想，我們也許可以想想看：是否有人仇視奧莉隆？」

洛德慢慢地搖了搖頭。

「據我所知，並沒有。你的意思是，有人做了案，然後嫁禍於奧莉隆？」

白羅點點頭說：「這是很大膽的推測，而且，並沒有任何佐證支持這項推測，除了幾乎所有不利的證據全都指向她。」

稍後，白羅提到另一項有關匿名信的事。

「你看，這封信的出現，使得對她十分不利的指控得以成立。她曾收到警告，說她可能會被摒除在她姑媽的繼承名單之外。而這個女孩，一個陌生人，很有可能取代她，繼承所有的錢。所以，當她姑媽上氣不接下氣地要求請律師來時，奧莉隆就毫無機會了，唯有老太太當晚過世，她才有希望！」

洛德叫道：「那羅迪・韋爾曼呢？橫豎他還是沒好處！」

白羅搖了搖頭說：「不，要是老太太立下遺囑，他就可以獲益，如果她沒留下遺囑就過世了，他就得不到任何東西。記得嗎？奧莉隆才是她最近的血親。」

「但是他即將和奧莉隆結婚了呀！」洛德說。

「沒錯，不過後來馬上就解除婚約了，記得嗎？他也明白地告訴她，自己就是想和她脫離關係。」

「那這不就又都回到她身上打轉了嗎，每次都這樣。」洛德扶著頭呻吟道。

「是呀，除非……」他沉默了一分鐘，接著又說：「有件事……」

「是什麼？」

「有件事……有塊小小的拼圖不見了。我可以確定，那是關於瑪麗的事……我的朋友，你在這裡有時也會聽到一些閒言閒語、醜聞什麼的，你可曾聽到任何不利於瑪麗的事嗎？」

「不利於瑪麗的事？你的意思是關於瑪麗的品德嗎？」

「任何消息，一些過去的往事。比如行為不檢、不老實、捲入醜聞耳語，或是什麼惡意中傷的謠言等等。任何事，只要是和她有關、足以令她名譽受損的傳聞。」

洛德緩慢地說道：「我希望你不要朝這個方向調查，在業已過世而無法為自己辯護的可憐女孩身上拚命扒糞……總之，我不相信你做得出這種事。」

「她就像個女性的圓桌武士加拉哈德，一生都沒有過失嗎？」

「就我所知，她的確如此。我從未聽過她的流言蜚語。」

「你不要誤會，我的朋友，」白羅溫和地解釋，「我不是想誹謗一個清白的人……不，全然不是這麼回事。只是那位好心的荷普金護士很不善於掩飾自己的情感。她喜歡瑪麗，而且有一些有關瑪麗的事情，她不欲人知；也就是說，她擔心我會發現某些不利於瑪麗的事。她並不認為那和命案有關，但她確信奧莉隆．克里修是凶手，顯然，不管她知道什麼內情，都和奧莉隆無關。況且你知道，我理應曉得每件事。因為瑪麗可能和某個第三者結怨，因此在本案中，這個第三者就有除掉瑪麗的動機。」

「可是出了命案，」醫生反駁說，「荷普金護士肯定也明白這一點才對。」

「荷普金護士算是個聰明的女人，但她的智力還是沒辦法和我相提並論。可能她看不到的線索，我白羅卻看得一清二楚。」

「很抱歉，我什麼都不知道。」洛德搖了搖頭。

「沒有人比泰德和瑪麗住在這裡更久了。還有管家夏太太也是，如果她曾經聽說這女孩有不好的傳聞，一定會說出來。啊，對了，還有另一個人。」白羅深思地道。

「是嗎？」

「今天我還要拜訪另一位護士奧布萊，也許她能幫上我的忙。」

「她對本地的了解並不是很多，奧布萊護士在這兒只不過待了一兩個月而已。」洛德搖搖頭說。

「這我知道，可是，我的朋友，那個我們訪談過的荷普金是個大嘴巴。她在莊園裡沒講過瑪麗的壞話，因為她怕傷害瑪麗。但我懷疑，她能忍得住祕密而不對一個外來客兼同事提起嗎？奧布萊可能知道一些事。」

／17

奧布萊甩著她的紅頭髮，遠遠隔著茶几對坐在她對面的矮小男士微笑著。

她自忖著：真是個有趣的小人兒呀，他的眼睛就像貓眼一樣是綠色的，而且就像洛德醫生所說，看起來很聰明。

「能見到像你這樣洋溢健康活力的人，真是高興，我想，你的病人最後一定都會康復的。」白羅說。

「我不願擺臉色給別人看，而且我可以很感恩地說，在我的看護下過世的病人不多。」

「當然了，就韋爾曼夫人一案而言，那也算是仁慈的解脫了。」白羅說。

「唉！的確，那位可憐的老太太。」她敏銳地看著白羅問道：「你是不是要談那件事？聽說他們打算把屍體挖掘出來。」

「當時你沒有任何懷疑嗎？」白羅問。

「完全沒有，雖然其實我應該起疑才是，想起洛德那天早上的表情，以及他派我到處跑……他根本不需要這麼做，不過，他畢竟簽了死亡證明的文件。」

白羅說：「他有他的理由……」

但她打斷了他的話。

「他是對的，對一個醫生來說，想太多並冒犯這家人並沒有好處，而且萬一他錯了就完蛋了，因為此後就沒有人會再找他了。做醫生的必須很有把握才行。」

「有人猜測韋爾曼夫人可能是自殺。」白羅說。

「她？她只能無助地躺著，頂多抬起一隻手，那就是她唯一能做的事了。」

「或許有人幫忙她？」

「啊，我懂你的意思了，你的意思是奧莉隆小姐、韋爾曼先生，甚或是瑪麗囉？」

「很有可能，不是嗎？」

「他們不敢這麼做。」奧布萊搖搖頭說。

「也許不會吧。」白羅緩慢地說，「荷普金護士是在何時遺失嗎啡的？」

「就是那天早晨，她說：『我確定我把它放在這裡。』起初她的語氣很堅定；不過你是知道的，過了一會兒之後，她腦子裡的印象就開始有些混亂了，最後她確定自己把嗎啡忘在家裡了。」

白羅喃喃地問：「那時你也沒有起疑心嗎？」

「完全沒有！真的，我從未覺得事情有什麼異狀。即便是現在，他們對這事也只是存疑而已。」

「那管失蹤的嗎啡不會讓你和荷普金之間感到不自在嗎？」

「嗯，我不會說那是不自在……我記得，我的確曾有過這種想法，荷普金也是，我記得當時我們在藍雀咖啡館，我發現她的想法和我一樣，她說：『我一定是把它放在壁爐邊上，然後不小心掉進垃圾桶了吧！』而我對她說：『確實，應該沒錯！』當時我們很害怕，都沒有將心裡的話說出來。」

「那現在呢？你現在怎麼想？」白羅問。

「如果他們在她那兒找到了嗎啡，那麼是誰拿走它以及用來幹嘛，就相當清楚了。儘管我不相信她會用它來使老太太解脫，除非證實嗎啡的確在她手上。」

「那麼，」白羅問道，「你相信是奧莉隆殺害了瑪麗？」

「依我看來，這是毫無疑問的！還有哪個人有動機或想要置她於死地？」

「這正是問題所在。」白羅說。

奧布萊護士激烈地說：「那天晚上，老太太試著說話，而奧莉隆承諾會依她的心願將每件事得體地辦好，我就在場。而且某天當瑪麗下樓時，我也曾撞見奧莉隆盯著她背影的表情，臉上滿是憤恨。想必那一刻她就已埋下殺人的念頭。」

「如果說奧莉隆殺死了韋爾曼夫人，那你想她為什麼要這樣做呢？」

「為什麼？當然是為了遺產，那至少有二十萬英鎊哪。這就是她殺人後可以得到的，也是她下手的原因……如果真是她做的。她是個大膽、聰明的年輕女孩，她什麼都不怕，而且頭腦很好。」

白羅問道：「如果韋爾曼夫人生前來得及立遺囑，那麼依你所見，財產將歸誰所有？」

「呃，這不是我的身分應該說的話。」雖然奧布萊這樣回答，但她的神態明白表示她正準備談論這件事。「我認為，全部財產將一文不差地歸給瑪麗．傑勒德。」

「為什麼？」

這個簡單的問句似乎難住了護士。

「為什麼？你問我為什麼嗎？嗯……我只能說事情的發展就是這樣。」

白羅低聲說：「某些人可能會說瑪麗．傑勒德工於心計，說她刻意討老夫人的歡心，讓她忘懷血緣和親情的繫絆。」

「他們或許會那麼想。」奧布萊護士緩緩說道。

白羅問道：「瑪麗是個機靈、詭計多端的女孩嗎？」

奧布萊護士仍然相當緩慢地回答：「我不會把她想成這種人……她所做的事都很自然，我不會聯想到算計之類的念頭。她不是那種人。人們為什麼做那些事，經常都自有不為外人了解的原因……」

白羅輕柔地說：「我想，你啊是一位非常謹慎的女子，奧布萊護士。」

「我不喜歡談論事不關己的事情。」

白羅非常仔細地注視著她，並問道：「你是不是和荷普金護士取得共識，有些事情你們認為最好還是不要對外人透露？」

奧布萊護士說：「你這麼說是什麼意思？」

「噢，是和這件案子或這兩件案子無關的事。」白羅急忙安撫她說，「我的意思是……其他的事。」

奧布萊點一點頭，說道：「過去的流言和老掉牙的傳聞還提它做什麼呢？韋爾曼夫人在曼登佛德是個深受敬重的人，對於她的過世，大家都感到哀傷。」

白羅點頭表示同意。他小心翼翼地說：「是呀，就像你說的，韋爾曼夫人在曼登佛德一地深受敬重。」

雙方對話出現意料之外的轉機，但白羅的臉上並未露出訝異或迷惑的神色。

奧布萊接著說：「說起來這也是很久以前的事了，所有當事人要不是過世，就是早被世人遺忘了。對於羅曼蒂克的愛情，我是個心腸軟的人，所以對一個太太住在療養院、一輩子都得受束縛、唯有等到太太過世方得解脫的丈夫，我是覺得相當辛苦。」

儘管一頭霧水，白羅還是喃喃道：「是啊，真辛苦……」

奧布萊說：「荷普金是否告訴過你，我們是如何互相寫信談論這件事？」

白羅坦言道：「她沒跟我提起。」

「這件事實在太湊巧了。不過，世事總是如此，一旦你聽見一個名字，或許在一兩天之後，你就會再聽人提起，諸如此類。就在同一時間，我在鋼琴上看到那張相貌一模一樣的照片，而荷普金也正巧從醫生的管家那裡聽到了整件事。」

「這非常有意思。」白羅說，然後又試探性問道：「瑪麗她知道……這件事嗎？」

「誰會告訴她呢？我當然不會說，荷普金也不會。畢竟，就算知道了對她又有什麼好處呢？」

她猛然抬起她的一頭紅髮，從容地凝望著他。

白羅嘆了一口氣說：「這些事情，都是真的嗎？」

／18

一張桌子隔開了兩人，白羅正坐在奧莉隆的對面，用探詢的目光望著她。這裡只有他們兩個。一名法警則透過玻璃牆監視著他們。

白羅注意到她敏感、聰慧的臉龐，她的前額白皙方正，有著端正的鼻子和一對勻稱的耳朵。她是個輪廓纖細、自尊心強的敏感人兒，看得出她教養良好、自制力強，並且……滿懷熱情。

他說：「我叫白羅，是洛德醫生請我來的，他認為我會對你有所幫助。」

奧莉隆像在回憶什麼似地說道：「彼得．洛德……」她臉上掠過了一絲依戀的微笑，但隨即又消逝了。她一板一眼地說：「他很好心，可是我認為你也幫不上什麼忙。」

白羅說：「你願意回答我幾個問題嗎？」

她嘆了口氣說：「相信我，真的，最好不要再去詢問他們了。我已經找到好幫手，塞登先生十分幫忙，我將會有一位非常有名的辯護人。」

白羅說：「他才不像我那麼有名。」

奧莉隆．克里修有點消沉地說：「他的聲望極佳。」

「是啊，那是就為犯人辯護而言。至於證明清白者的無辜，我可是享有盛名的。」

奧莉隆終於提起精神，用她那炯炯有神、美麗的藍色眼眸直率地望著白羅說：「你相信我是清白的嗎？」

白羅反問道：「你是嗎？」

她笑了，那是個略帶挖苦的微笑。她說：「這就是你提問的模式？只要回答『是』就行了？」

白羅出人意表地說：「你已經覺得非常厭煩了，是嗎？」

她微微睜大了眼睛，答道：「唔，是的，這再煩不過了。你怎麼會知道？」

「我知道……」白羅說。

「是的，當這一切都……結束的時候，我一定很高興。」奧莉隆說。

白羅默默地望了她一會兒，然後說道：「我見過……為了方便起見，我稱他為你的表哥可以嗎？我是指羅迪先生。」

她那高傲白皙的臉孔緩緩泛起了紅暈。於是白羅明白了。他用不著再開口問她，就已經得到某個問題的答案。

奧莉隆的聲音微顫，她問道：「你見過羅迪了嗎？」

白羅說：「他正在盡全力營救你。」

「我知道。」她的聲音又快又輕柔。

白羅說：「他到底是貧窮還是富有？」

「羅迪嗎？他自己的錢不多。」

「但他挺揮霍的吧？」

她幾近心不在焉地說：「我們兩個都不太在乎錢，因為我們知道總有一天……」

她猛然打住不說了。

白羅立刻說道：「你們是在指望遺產嗎？這是可以理解的事。」然後他又繼續說：「也許你已經得知你姑媽的驗屍結果了吧？她死於嗎啡中毒。」

「我沒有殺害她。」奧莉隆·克里修冷冷地說。

「也沒幫助你姑媽取得嗎啡嗎？」

「我幫她……噢，我明白了。沒有，我沒有幫她。」

「你是否知道你姑媽尚未立下遺囑？」

「不，一點也不知道。」她的聲音單調平板，相當乏味。她的回答是機械性、漠不關心的。

「那你本人立下遺囑了嗎？」

「是的。」

「就是在洛德醫生和你談起這件事的那天嗎？」

「是的。」

女孩的臉又立刻紅了。

「請問，你的財產想遺留給誰，克里修小姐？」

奧莉隆迅速答道：「我將全部的東西都留給羅迪……羅迪．韋爾曼。」

「他知道這件事嗎？」

「當然不知道。」她馬上說。

「你沒跟他商量過這件事？」

「沒有。他會覺得非常尷尬，而且會很不喜歡我那麼做。」

「還有誰知道你遺囑的內容？」

「只有塞登先生和他的職員吧，我想。」

「遺囑是塞登先生替你擬的嗎？」

「是的，我是同一天傍晚寫信給他的……就是洛德醫生向我談到此事的那天傍晚。」

「是你親自投郵的嗎？」

「不是，這封信是和別的信一起從家裡送進信箱的。」

「那麼就是說，你寫完了信，封好，貼上郵票，然後放進信箱是嗎？你有沒有停下來思考！或是再從頭讀一遍？」

奧莉隆驚奇地看著他說：「是的，我又看了一遍。那時我去找郵票，當我再回來時，我曾將信重讀了一遍，確定一下是否寫清楚了。」

「當時屋裡還有別人嗎？」

「只有羅迪。」

「他知道你在做什麼嗎？」

「我告訴過你，他不知道。」

「當你離開房間去找郵票的時候，會不會有人看了信？」

「我不知道……你的意思是，某個傭人嗎？我想，如果當我離開房間時，他們剛好有人進來的話，這也是不無可能。」

「那是在羅迪．韋爾曼先生進來之前嗎？」

「是的。」

「那麼，他也可能讀了那封信囉？」

奧莉隆的聲音清晰且略帶輕蔑之意。她說：「我可以肯定地告訴你，白羅先生，我的『表哥』，依照你的稱呼，他從來不看別人的信。」

「我知道，一般而言是這樣。如果你知道有多少人做出『平常不會做的事』，你一定會大吃一驚。」

奧莉隆聳了聳肩。

白羅以輕鬆的口吻說：「你不是就在那一天首度動了殺害瑪麗的念頭嗎？」

奧莉隆的臉第三度脹紅了。

「這是洛德告訴你的嗎？」

白羅輕聲說：「就是那時候，是吧？就在你向窗戶裡張望，看見瑪麗正在寫遺囑的那當頭。就是那時候，你突然想到，如果瑪麗突然死去，該是多麼好玩、多麼方便的事啊……」

奧莉隆壓低聲音喘息說：「洛德知道了……他一看到我就知道了……」

「洛德醫生知道很多事。這個滿臉雀斑、紅色頭髮的年輕人不是傻瓜……」白羅說。

奧莉隆低聲說：「是他請你來……幫助我的，這是真的嗎？」

「是真的，小姐。」

她嘆口氣說：「我不了解，不，我不了解他為什麼要這麼做。」

白羅說：「聽我說，克里修小姐，你必須把瑪麗遇害那天發生的所有事情全告訴我。比方說你去過哪裡，做了些什麼，甚至，我還想知道，那天你想了哪些事。」

她瞪著他，然後嘴角浮出一抹詭異的淺笑，她說：「你一定是個非常天真單純的人。難道你不明白，我要對你說謊是多麼輕而易舉嗎？」

白羅平靜地回答：「這沒關係。」

她一臉困惑。

「沒關係？」

「是的，小姐，說謊話不比說真話揭露的事情少，有時甚至還更多。那麼，來吧，我們現在就開始。事發當天，你在路上遇到那個好心的女管家碧夏太太。她想和你一塊去莊園幫助你處理事情，可是你拒絕了，這是為什麼呢？」

「我想一個人獨處。」

「為什麼？」

「為什麼？為什麼？因為我想要……想事情。」

「你想要幻想一下，是的。那接下來你做了什麼事？」

奧莉隆挑釁地揚起下巴說：「我買了做三明治的魚肉餡。」

「兩罐嗎？」

「是的。」
「之後你回杭特伯利莊，在那兒做了些什麼事？」
「我到樓上姑媽的房間去整理遺物。」
「你找到什麼？」
「找到什麼？」她皺起眉。「衣服，舊信，照片，珠寶。」
「沒有什麼祕密的東西？」白羅說。
「祕密？我不懂你的意思。」
「那我們就跳過去繼續談別的事。接下來呢？」
「我下樓到備餐室做三明治……」
白羅輕聲說，
「那時你在想……什麼呢？」
她的藍眼眸突然發亮。她說：「我想到我是以『阿基坦的奧莉隆』[4]命名的……」
「我完全了解。」白羅說。
「你了解？」
「噢，是的。我知道那個故事。她很嫉妒英王亨利二世的情婦『美女羅莎蒙』，於是趁亨利二世不在時，要羅莎蒙在匕首和毒藥之間選一樣自行了結，最後羅莎蒙選擇毒藥……」

奧莉隆一語不發，臉色發白。

白羅說：「不過，這次根本沒得選……繼續吧，小姐，接下來呢？」

奧莉隆說：「我將三明治放在盤子裡備妥，然後走下去到門房那裡。荷普金護士和瑪麗都在裡面。我告訴她們，我在大屋裡準備了一些三明治。」

白羅注視著她，輕聲說道：「是的，然後你們一起進屋子，是嗎？」

「是的。我們……在晨室吃三明治。」

白羅依然以輕柔的聲調說：「是的，是的，還沉浸在夢境裡……然後呢？」

「然後？」她張大眼睛說，「我離開她……當時她佇立在窗邊。我走進備餐室，就像你說的，我還在夢境中……護士在那兒洗碗，我把肉餡罐子拿給她。」

「是，是。然後發生什麼事，接下來你又想到什麼？」

奧莉隆朦朧地說：「護士的手腕上有道傷痕。我問她那是怎麼回事，她說那是在門房的玫瑰棚架上刺到的。門房邊的玫瑰……很久之前我曾經和羅迪吵了一架，為了玫瑰戰爭。

4 阿基坦的奧莉隆（Eleanor of Aquitaine, 1122-1204），法王路易七世及英王亨利二世的王后，人稱「歐洲之祖母」，是十二世紀歐洲最有權勢的女人。

我站在蘭開斯特家族這邊，喜歡紅玫瑰；他喜歡白玫瑰，代表約克家族那一方。我說白玫瑰看起來很不真實，聞起來甚至還臭臭的！我喜歡紅玫瑰，又大又深邃，如天鵝絨般光滑，還帶著一股夏日氣息……我們以最幼稚的方式爭吵。你知道嗎？昔日的記憶全都回到我的腦海中……然而某些事，某些事劃破我的思緒……我心中的惡毒恨意，散去了……當我回想起童年時光我們在一起的種種。我不再怨恨瑪麗了，我不希望她死……」

她停了一下，又說：「不過，稍後當我們回到晨室時，她已經死了……」

她停下來了。白羅非常熱切地注視著她。她臉紅了，並說：「你想再問一次……我是否殺了瑪麗．傑勒德嗎？」

白羅起身，迅速地說：「我不會再問你了。有些事情我並不想知道……」

19

洛德醫生依白羅之請來到火車站。

白羅從火車上下來。他看起來倫敦味十足，腳上穿著一雙尖頭漆皮皮鞋。

洛德醫生焦急地端詳白羅的臉，但白羅什麼也沒說。

彼得．洛德說：「對你所提出的問題，我已經盡全力找到了答案。第一，瑪麗．傑勒德是七月十日離開這裡去倫敦的。第二，我沒有請管家，只有幾個咯咯傻笑的女孩在幫我料理家務。你所說的一定是前任蘭塞姆醫生的管家史萊特太太。如果你想要的話，今天早晨我就可以帶你到她那兒去。我可以幫你預做安排。」

白羅說：「好的，我想先和她談一談。」

「你不是說你要去杭特伯利莊？我可以和你一起去。我很驚訝為什麼你還沒到那裡去，我想不通為什麼你沒先去那裡，反而先來這邊。我還以為當案子發生之後，你們的第一要務就是到現場勘查。」

白羅托著頭的一側，問道：「為什麼？」

「為什麼？」彼得．洛德相當困惑。「通常不都是這麼做的嗎？」

白羅說：「人可不是依照教科書上的指示去辦案！而是要運用人的天賦智能才行。」

彼得．洛德說：「你很可能會在犯罪現場發現什麼線索。」

白羅嘆了口氣說：「你讀了太多偵探小說了。你們那裡的警察在國內享有盛名，我確信他們會仔細地搜索屋內屋外。」

「他們會尋找對奧莉隆．克里修不利的證據，而不是對她有利的證物。」

白羅又嘆了口氣說：「我親愛的朋友，警方可不是怪獸！奧莉隆．克里修被捕是因為目前發現的證據對她不利，而且對她提起控訴……一樁強而有力的控訴，可以這麼說。警方都已經勘驗過現場了，我再去勘驗一遍也沒什麼用。」

「但你現在打算過去一趟吧？」彼得問道。

赫丘勒．白羅點點頭說：「是的，現在我必須過去了，因為我已確切知道我要找什麼。人必須先動腦想清楚，再用眼睛去找。」

「那麼，你認為那裡還可能留下什麼線索嗎？」

白羅輕柔地回答說：「是呀，我覺得我們在那兒還能找到點蛛絲馬跡。」

「某些能證明奧莉隆是無罪的證據嗎？」

「我沒有這樣說。」

洛德停下腳步一動也不動地站著。

「怎麼？難道如今你還認為她有罪嗎？」

「我的朋友，想要聽到答案，你還得等一等。」白羅嚴肅地說。

§

白羅在一間很舒適、窗子朝花園展開的方形房間與醫生共進午餐。

洛德說：「你從史萊特老太太那裡打聽到你想知道的事情沒有？」

白羅點頭。

「是的。」

「你是想從她那兒知道些什麼呢？」

「一些流言蜚語，往事舊聞。某些犯罪行為根源於過去，我想這件案子就是如此。」

洛德有點激動地說：「你說的話我一個字也聽不懂。」

白羅微笑道：「事情有了新眉目喔。」

洛德不耐煩地說：「那好。今天早餐結束前，我仔細推敲了一番。嘿，白羅，透露一些你的看法好嗎？幹嘛讓我有如身陷漆黑，如墜五里霧之中？」

白羅搖搖頭。

「因為目前還是一片漆黑，連一絲光線都看不出來呢。到目前為止，我仍無法突破這個事實：除了奧莉隆之外，再也沒有別人有殺害瑪麗的理由。」

「這點誰也無法確定，你不要忘記，瑪麗有一段時間在國外。」

「我知道，我知道，我做了一些調查。」

「你親自到德國走了一趟！」

「親自？不。」他帶著一絲輕蔑說，「我有自己的探子。」

「你信得過別人嗎？」

「當然。這樣我就不必到處跑，還為了省小錢，去做一些自己不拿手的事，我寧願讓專家去發揮。請你相信，朋友，我有一些十分能幹的得力助手，其中一個曾經是小偷。」

「天哪！你用他幹了什麼事？」

「最近，我委託他仔細搜查了羅迪先生的房間。」

「你要他在那兒找什麼？」

白羅說：「人總是會想知道別人對你說了什麼謊話。」

「羅迪先生對你說謊了？」

「正是。」

「還有誰對你說謊了？」

「我認為每個人都說了謊。奧布萊護士出於她的浪漫性格說了謊；荷普金護士出於固執；碧夏太太則是出於心中有怨；至於你……」

「見鬼！」洛德不客氣地打斷了白羅的話，「你是不是認為我也在對你說謊？」

「暫時還沒有。」白羅坦言道。

洛德醫生疲倦地坐回椅子裡，他說：「白羅，你真是個事事存疑的人。」接著他又說：「如果你吃完了，我們要不要出發到杭特伯利莊？晚一點我得看幾個病人，再動個手術。」

「悉聽尊便，我的朋友。」

他們步行到杭特伯利莊，從後車道進去，在半路迎接他們的是一個高大、外表討人喜歡的年輕園丁。他正推著手推車，並碰碰便帽向洛德醫生致意。

「早安，霍利克。白羅，這是園丁霍利克，出事那天他在這兒工作。」

霍利克說：「是的，先生，那天我在。那天早上我看到奧莉隆小姐，並和她說過話。」

白羅問：「她和你說什麼？」

「她說這棟房子已經順利賣掉了，先生，這真讓我嚇了一跳；但奧莉隆小姐說她會幫我向薩默維少校推薦，或許他會讓我做工頭……如果他不嫌我太年輕，而是看在我在史提芬先生底下受過良好訓練的份上。」

洛德醫生說：「霍利克，她看起來跟平常差不多嗎？」

「嗯，是的，先生，不過她看起來有點浮躁，像是心裡有事。」

赫丘勒．白羅說：「你認識瑪麗．傑勒德嗎？」

「噢，是的，先生，不過並不是很熟。」

白羅說：「她像什麼？」

霍利克一臉困惑。

「像什麼？先生，您是說長得像什麼嗎？」

「不盡然。我的意思是，她是個怎麼樣的女孩？」

「噢，這樣啊，先生，她是個非常高尚的女孩，談吐優雅、很有教養，不過我得說，有點太過自我。你知道的，韋爾曼老夫人非常照顧她。這讓她父親大為惱怒，真的，他就像隻頭痛的大熊。」

白羅說：「根據我所聽到的，這位老爹的脾氣似乎不太好。」

「是啊，沒錯，他的脾氣一向不好。他老愛嘀咕、放狠話，與人說話很少客客氣氣。」

「那天早上你在這裡的哪個地方工作？」
「大都在菜園，先生。」
彼得．洛德說：「從那兒看得見房子嗎？」
「看不見，先生。」
「那麼如果有人走到房子前面，比方說，到備餐室的窗前，你能看見嗎？」
「不，看不見，先生。」
洛德醫生又問：「你幾點去用餐的？」
「一點，先生。」
「你難道什麼都沒看見？比如，有沒有人在莊園附近走動，或是門口有沒有停放汽車之類的？」
霍利克的眉毛略帶訝異地挑起。
「先生，你是指後門那裡嗎？除了你的車子，我就再也沒見到什麼了。」
洛德喊道：「我的車子？那才不是我的車子，那天早上我去維森伯里了，直到下午兩點才回來。」
霍利克看起來很迷惑。
「可是我當時確實看到你的車子。」他疑惑地說。

醫生匆忙地說道：「好吧，無所謂。再見吧，霍利克。」

醫生和白羅繼續往前走。霍利克盯著他們的背影一兩分鐘，然後推著他的手推車向前繼續走。

彼得．洛德輕聲說，但極為激動。

「終於發現一些事了。那天早晨停在路邊的那輛車子是誰的？」

白羅說：「你的車是什麼樣子，我的朋友？」

「那是一輛海水綠的福特十號，那是相當常見的車款。」

「你確定那不是你的車？你有沒有搞錯日期？」

「我百分之百確定，那天我去了維森伯里，回家較晚，才吞了幾口午飯，就接到瑪麗．傑勒德遇害的消息並趕過來。」

白羅輕聲說：「那麼，看起來我們終於碰到較為具體的事情了。」

彼得．洛德說：「那天早上有人來這裡……不是奧莉隆．克里修，也不是瑪麗．傑勒德或荷普金護士……」

白羅說：「這件事很有意思，來吧，讓我們研究一下。想想看，譬如，假若有個男人（或女人）想掩人耳目地靠近這棟房子，他會怎麼做呢？」

就在車道的半路上，有一條步道岔出來，穿過一些灌木叢。他們沿著小徑走去，路上有一處明確的轉角。

彼得・洛德抓著白羅的手臂，指著一扇窗戶說：「那就是奧莉隆・克里修做三明治的備餐室窗戶。」

白羅低聲喃喃道：「從這裡望去，任何人都可以看見她在做三明治。這扇窗戶當時是打開的，如果我沒記錯的話。」

「窗子是敞開的，我記得那天天氣非常熱。」

白羅思索地說：「也就是說，如果有人想偷看裡面發生了什麼事，這倒是一個很好的觀察地點。」

兩個人開始仔細觀察四周。洛德突然說道：「你看這兒，樹叢的後面。有人在這兒踐踏過。如今樹叢又長高了，但你還是可以看出踐踏的痕跡。」

白羅走到他跟前，若有所思地說：「是呀，這是個挺合適的地點。從林蔭小道上看不到他，但是空地上的樹叢提供他一個觀看窗子的絕佳視野。咱們這位朋友不知站在這兒做了些什麼？也許他抽菸了？」

兩個人彎腰檢視地上，並撥開一些枝葉。白羅突然發生咕噥聲。彼得・洛德連忙起身。

「什麼事？」

「一個火柴盒，我的朋友。是一個潮溼而且被踩壞的空火柴盒。」

白羅小心翼翼地撿起火柴盒。仔細修整後，他將火柴盒置放在一張從口袋裡拿出來的便條紙上。

「天啊！是外國貨！」彼得．洛德說道，「德國火柴盒！」

「瑪麗剛從德國回來！」白羅說。

彼得．洛德興奮地說：「真讓我們找到了！這你可不能否認吧？」

白羅慢條斯理地說道：「說不定……」

「可是，該死，老兄！這裡還有誰手上會有外國火柴盒呢？」

「我知道，我知道。」白羅說道。

他困惑的眼神轉向樹叢間的縫隙，然後往窗子看過去，最後終於說道：「事情沒有你想的那麼簡單。這裡有個很大的疑點。你沒看出來嗎？」

「是什麼？跟我說。」

白羅嘆了口氣。

「如果你沒想到的話……算了，咱們繼續吧。」

他們往屋子走去。彼得．洛德用鑰匙打開後門。他領頭經過洗物槽來到廚房，然後走向一邊是盥洗室、另一邊是備餐室的走廊。他們在備餐室裡四下環視。

裡面有個擺置玻璃和瓷器的一般櫥櫃，櫃子的玻璃門可以滑動。上面的擱板放了一台瓦斯爐、兩個水壺，以及標示著「茶與咖啡」的小罐子。此外，這地方還有水槽、滴水板，以及洗碗盆。窗戶正前方有張桌子。

彼得．洛德說道：「奧莉隆．克里修就是在這張桌子上面做三明治。而那張嗎啡標籤的碎片，就是在水槽下面的地板縫裡發現的。」

白羅若有所思地說：「警察搜得很仔細。他們不會遺漏太多東西。」

彼得．洛德激動地說：「沒有任何證據顯示，奧莉隆曾碰過那根管子！我告訴你，一定是某人從外面小樹叢那兒窺視她的行動。等她去門房那裡的時候，他就趁機溜了進來，打開管子，弄碎幾錠嗎啡，接著撒到三明治上面去。他沒留意到自己扯掉管子上面的部分商標，讓它飄落至地板縫隙裡。他匆忙離開，發動車子後就逃之夭夭。」

白羅嘆了口氣。

「你還是沒想到！聰明人居然也會遲鈍到這種地步。」

彼得．洛德憤怒地質問道：「你的意思是說，你不相信有人站在樹叢那兒往窗子裡頭看嗎？」

「不，我相信……」白羅說。

「那我們應該要把這個人找出來！」

白羅喃喃說道：「我想，我們不必捨近求遠。」

「你知道是誰？」

「雖不中亦不遠矣。」

彼得·洛德緩慢地說：「原來如此，所以你派去德國打探的幫手確實有所斬獲……」

赫丘勒·白羅敲著額頭說道：「我的朋友，所有的東西都在這兒，在我的腦袋裡……好了，來吧，咱們來巡視房子吧。」

§

他們終於站在瑪麗·傑勒德死去的房間裡。

屋裡有股奇怪的氣氛，彷彿在往事和預感的作祟下，房間是有生命的。

彼得·洛德打開一扇窗戶，打了個冷顫，然後說道：「這地方真像一座墳墓……」

「如果牆壁會說話就好了。全都在這兒，就在這屋子裡，它就是整個事件的源頭。」白羅說道。他停了一下，接著又柔聲道：「這正是瑪麗·傑勒德死去的房間。」

「他們發現她坐在窗邊的那張椅子。」彼得·洛德說。

白羅沉思道：「一名年輕女子，美麗迷人兼之浪漫多情？她曾處心積慮謀奪財產嗎？她是個充派頭的上等人嗎？她是個文靜甜美、心無歹念之人嗎？她才剛展開她的人生……恍如花兒般的女孩……」

「不管她是什麼樣的人，」彼得．洛德說，「反正有人要她死。」

赫丘勒．白羅喃喃低語：「奇怪……」

洛德瞪著他。

「什麼意思？」

白羅搖搖頭。

「還不到時候。」

他轉過身。

「整間屋子我們都已經看過了。能看的全都看了。我們去門房那兒瞧瞧吧。」

門房裡面也一樣是井然有序。房間裡雖有灰塵，但收拾得還算整齊，完全沒有私人物件。他們倆在那兒停留了幾分鐘。當他們步出室外來到陽光下時，白羅觸摸著在棚架上攀爬的玫瑰。花兒呈粉紅色，而且有香味。

「你可知道這種玫瑰的名字，我的朋友？它叫作『澤蓮卓芬』。」白羅低聲說道。

彼得．洛德暴躁地說：「那又如何？」

赫丘勒．白羅說道：「我探望奧莉隆的時候，她跟我提起這些玫瑰。就在那一刻，我開始看見……不是白晝的亮光，而是微微閃光罷了，就像你坐火車接近隧道出口時所看見的微光。它和白晝之光沒得比，卻是一種希望之光。」

「她跟你說了什麼？」彼得．洛德語氣嚴厲。

「她告訴我她的童年時光，說她常在這座花園裡玩耍，還有她和羅迪．韋爾曼如何意見不合。他們兩個是死對頭，因為他喜歡約克的白玫瑰……冰冷而素樸；而她喜歡的是蘭開斯特的紅玫瑰，那種飄散著濃郁芳香的紅玫瑰，飽含了溫暖與熱情。我的朋友，奧莉隆．克里修和羅迪．韋爾曼之間的差別，就在於此。」

「這解釋了……什麼？」彼得．洛德問道。

「這使我們了解到奧莉隆．克里修。她是個熱情傲慢的女子，她瘋狂地愛上一個不可能愛上她的男人……」白羅說道。

「我不了解……」彼得．洛德說道。

「但我了解她，我了解他們兩個人。我的朋友，我們現在再回去樹叢那邊那個小空地吧。」白羅說道。

他們默默無語地走著。彼得．洛德滿是雀斑的臉上充滿困惑且憤怒。

當他們走到空地時，白羅文風不動地站了一會兒，而彼得．洛德盯著他看。突然間，這個矮小的偵探焦慮地嘆了口氣。他說：「事情很簡單，真的。我的朋友，難道你沒發現自己在推論上犯了嚴重的謬誤嗎？根據你的理論，想必有個在德國認識瑪麗．傑勒德的男人，跑到這裡意圖殺害她。但是，我的朋友，請你仔細看看！既然你的心靈之窗似乎起不了作用，那麼就用你的一雙肉眼仔細看吧。從這裡你看到什麼？一扇窗子，對吧？那扇窗子裡有一名女子，一名做三明治的女子。換言之，就是奧莉隆·克里修。不過請好好想想這個問題：這個偷窺的人如何得知那些三明治是要切給瑪麗·傑勒德吃的？除了奧莉隆·克里修自己，不會有人知道！荷普金護士不會知道，甚至連瑪麗·傑勒德也不知道。

「如果有名男子站在這裡偷窺，而且隨後靠近那扇窗子爬了進去，然後在三明治上面動手腳，那代表什麼？他是怎麼想的呢？他心裡想，他一定是這樣想的：這些三明治是奧莉薩·克里修她自己要吃的……」

／20

白羅敲了荷普金護士家的門。她開了門，嘴巴裡塞滿了果子小麵包。

「白羅先生，你這個時候來幹什麼？」她的語氣苛刻。

「我可以進來嗎？」

荷普金護士勉為其難地往後退，白羅便邁入屋中。荷普金親切地端出茶壺，片刻之後，白羅以略微失望的表情凝視著那杯像墨汁的飲料。

「剛泡的，味道很棒很濃的！」荷普金護士說道。

白羅謹慎地攪拌茶水，然後誇張地輕啜一口。他說：「你知道我所為何來嗎？」

「我完全不知道。要等你告訴我。我可不會讀心術。」

「我是來問你真相的。」

荷普金護士霍然起身。

「你這話到底什麼意思？我這人一向說實話，絕不會只顧保護自己。我在審訊時，對嗎啡管子遺失之事直言不諱，若換成別人，恐怕會如坐針氈而一語不發。我很清楚眾人會責備我粗心大意，怪我把藥箱隨意放置；但是，這種事情可能發生在任何人身上！我為此受到譴責……我可以告訴你，在我這一行，這樣做不會有任何好處。但是我無所謂！我知道和案件有關的一些事情，而我也坦白說出來了。所以我拜託你，白羅先生，請收回你那惡劣且令人不舒服的暗示！關於瑪麗．傑勒德的死，能說的我都說了，全無一絲隱瞞；如果你不以為然，請明說吧，這樣我反而會感激你！我毫無隱瞞……真的！而且我願意為此對天發誓。」

白羅無意打岔。面對盛怒的女人，他很清楚該如何應付。他容許荷普金護士勃然大怒，然後冷靜下來。接著他開口說話了，態度沉靜且溫和。

「我沒有暗示你隱瞞任何和命案有關之事。」

「那麼請你告訴我，你暗示的是什麼事？」

「我請你說出實情……我指的不是命案，而是瑪麗．傑勒德的身世。」

「噢！」荷普金護士一時之間呆住了，她說，「你指的是這個啊？但是，這和命案沒什麼關係啊。」

「我沒說它有關係，我指的是，你隱瞞了和她有關的事。」

「我為什麼不能……既然和命案無關的話？」

白羅聳聳肩。

「那你又為何要隱瞞呢？」

荷普金護士臉色脹紅，說道：「因為一般人都會這麼做啊！他們全都死了，所有相關人等都死了。況且，這和別人一點關係也沒有！」

「這純粹是臆測。也許有關喔。不過，如果你掌握了真實的證據，那情況就不一樣了。」

荷普金護士緩慢地說：「我真的不明白你的意思……」

白羅說道：「那我來幫你了解。我從奧布萊護士那兒聽來一些風聲，然後和史萊特太太長談過……她對二十年前發生的事情記得可是一清二楚。我會把我知道的事情一五一十告訴你。是這樣的，二十多年前，有兩個人彼此相愛。其中一位是韋爾曼夫人，她已經守寡好幾年，而且是個滿腔熱情的女人。另一位是路易斯．里克福爵士，他的命運非常坎坷，他的妻子已經瘋得無藥可救，但當時的法律並不允許他們離婚，而里克福夫人的身體狀況非常好，應該可活到九十歲。我猜，當時他們兩人之間的曖昧關係已經被人察覺了，但表面上他們仍是謹言慎行。後來路易斯．里克福爵士在戰場上陣亡了。」

「然後呢？」荷普金護士問道。

「我推測，」白羅說道，「他死後有個嬰孩出生了，而這個嬰孩就是瑪麗．傑勒德。」

「你似乎什麼都知道了！」荷普金護士說道。

「那都是我猜的，而你卻有可能掌握了證實此猜測的確切證據。」白羅說道。

荷普金護士靜坐了一兩分鐘，其間她一直皺眉蹙額，然後猝然起身走過房間，打開抽屜，取出一個信封。

她把它遞給白羅，並說道：「我可以告訴你這封信是如何到我手中。告訴你，我老早就起疑心了。舉例來說，韋爾曼夫人看那女孩的方式，還有聽到流言蜚語甚囂塵上時的反應。而且老傑勒德生病時曾跟我說，瑪麗並非他的女兒。

「瑪麗死了之後，我繼續清理門房，結果在某個抽屜裡的一堆東西中發現了這封信。你看這上面寫了什麼。」

白羅看到墨汁已褪色的字跡寫著：

給瑪麗──我死後請寄給她。

白羅說道：「這信不是最近寫的？」

「這不是老傑勒德寫的，」荷普金護士解釋道，「這是瑪麗那位十四年前過世的母親寫的。她是特別寫給瑪麗的，但信被老傑勒德扣住了，所以瑪麗沒看過這封信……謝天謝地，幸好她沒看到！她之所以能抬頭挺胸活著，絲毫未感到自卑，就是因為沒看過這封信。」

停了一會兒，她繼續說道：「這信本來是密封的，我發現它的時候，老實說，當場就自作主張拆開看了。其實我不該這麼做，但瑪麗已經死了，而且我多少也猜到裡面寫了什麼，更何況，我看不出來這封信會對別人產生什麼影響。雖然如此，我仍不想把信摧毀，因為我總覺得不妥。拿去吧，你最好親自讀讀這封信。」

白羅抽出信紙，上面寫滿了密密麻麻的小字：

我把事情的真相寫在這裡，以備將來有不時之需。我在杭特伯利莊擔任韋爾曼夫人的女僕，她對我非常親切。我有了麻煩，但她對我伸出援手，而且當事情結束時，她還讓我回去當女傭；不過，我的孩子死了。女主人那時和路易斯爵士相愛，可是他們無法結婚，因為爵士已有一妻，當時住在精神病院裡，可憐的太太。他是一位正人君子，深愛韋爾曼夫人。他戰死沙場時，夫人告訴我她懷孕了。後來她去蘇格蘭，要我和她同行。寶寶是在那兒出生的——阿德洛奇。我有麻煩時丟下我不管的鮑伯．傑勒德這時又寫信給我了。我們決定結婚，並住在門房，而且約定他必須把寶寶當作是我生的。如果我們住在這裡，韋爾曼夫人想要關心寶寶、看著她長大成人，就一點也不會啟人疑竇。她認為瑪麗最好永遠不要知道真相。韋爾曼夫人給我們很多錢，但就算沒有那筆錢，我也會幫她。我和鮑伯過得很快樂，但他始終對瑪麗沒有感情。這件事我一直守口如瓶，不曾對任何人透露過，但我認為應當把實情寫下來，以免我死後此事永沉大海。

伊莉莎・傑勒德（閨名伊莉莎・賴利）

白羅深吸一口氣，重新把信摺好。

荷普金護士不安地說：「你打算怎麼辦？所有的當事人都死了！翻舊帳並沒有好處。每個人都很尊敬韋爾曼夫人，從來沒有不利於她的傳聞。而這樁過往的醜聞想必會毀人名節。對瑪麗而言也一樣。她是一個討人喜歡的女孩。何必讓人知道她是個私生女呢？就讓死者在他們的墳墓裡安息吧。」

「活著的人，也需要有人為他們著想。」白羅說道。

「但這件事和命案無關啊。」荷普金護士說道。

白羅嚴肅地說：「很可能大有關係。」

他走出房子，任由荷普金護士張大嘴巴在背後瞪著他。

他走了一會兒，感覺到身後有個猶豫不決的腳步聲。他停步轉身，看見了杭特伯利莊的年輕園丁霍利克。這位年輕人不好意思地揉搓手中的帽子。

「不好意思，先生。我可以和您談一談嗎？」

霍利克一邊說話一邊大口吸氣。

「當然可以。什麼事？」

霍利克更用力地揉搓帽子。他的眼神鬼祟，表情是一副痛苦困窘的模樣。他說：「是關於那輛車子的事。」

「你是說那天早上在後門外停放的車子？」

「是的，先生。洛德先生今天早上說那不是他的車子，但事實上是他的，先生。」

「你確定嗎？」

「是的，先生。因為車牌號碼，先生。那個號碼是ＭＳＳ二〇二二。我有特別注意，ＭＳＳ二〇二二。您曉得的，村裡的人都知道這個號碼，大家總是稱呼那輛車為嘟嘟小姐！我非常確定，先生。」

白羅微笑著說：「但洛德醫生說那天早上他去維森伯里。」

霍利克困窘地說：「是的，先生。我有聽見他說的話。但那輛車的確是他的，先生……我可以對天發誓。」

「謝謝你，霍利克，」白羅和藹地說，「這事你是應該說出來……」

第三部

Sad Cypress

21

法庭上很熱嗎？還是非常冷？奧莉隆．克里修完全無法確定。有時她覺得燥熱有如發燒，但隨即又冷得發抖打顫。

她沒聽到檢方的結辯。她的心神遊回到過去，再度緩慢地經歷整個事件……從接到那封可怕的信開始，一直到那位臉蛋光淨的警察以異常流利的口氣說：「你是奧莉隆．克里修嗎？我這裡有一份逮捕你的授權狀，根據指控，你在今年七月二十七日毒殺了瑪麗．傑勒德，而我必須警告你，你所說的一切，將以書面形式記錄下來，作為審訊你的呈堂證供。」

這席話說來，真是流利得令人感到害怕……她覺得自己像被一台運行順暢、冷酷無情的車子逮到。

如今在眾目睽睽之下，她正站在被告席上，上百隻不帶感情且殘酷的眼睛在她身上盡情遊走、竊竊私笑……

只有陪審團沒看向她。尷尬的他們，刻意把目光轉向別處。

她心裡想，這是因為，他們馬上就要做出判決了……

§

洛德醫生在提出證詞。這位彼得・洛德……就是杭特伯利莊那位臉上有雀斑、個性開朗、親切友善的年輕醫師嗎？他現在看起來可是非常冷淡、嚴肅而專業。他回答問題的語氣很單調：他被電話召喚到杭特伯利莊來；但遲了一步，瑪麗・傑勒德在他抵達後幾分鐘便死了；至於死亡症狀，根據他的觀點，很吻合嗎啡中毒的其中一種罕見現象——電擊性發作。

艾德溫・布默先生站起來進行交叉質詢。

「你是已故韋爾曼夫人的醫師嗎？」

「是的。」

「今年六月，你到杭特伯利莊的期間，有看見被告與瑪麗・傑勒德在一起嗎？」

「看見好幾次。」

「依你所見，被告對瑪麗・傑勒德的態度如何？」

「非常自然而親切。」

艾德溫．布默先生露出略微輕蔑的笑容說道：「在法庭上被多次提到的『嫉妒的憎恨』，你從未看見這樣的跡象吧？」

彼得．洛德抬起下巴，堅定斷然地說：「從來沒有。」

奧莉隆心裡想：「但是他看過，他明明看過。他為了我而說謊……他知道的……」

繼彼得．洛德之後上場的是法醫。他的證詞更冗長、更巨細靡遺。死因是出於「電擊性發作」的嗎啡中毒。他可以解釋一下那個名詞嗎？當然可以。嗎啡中毒所造成的現象有好幾種方式。最常見的是先經歷一段興奮期，然後是感到睡意、瞳孔收縮和陷入昏迷。另外一種比較不常見的方式，法文稱為「電擊性」。在這種沉睡的情況下，會在很短的時間內——約莫十分鐘——連續發生劇烈的併發症，而瞳孔通常會擴大……

§

略做休息之後，法院又重新開庭了。接下來幾個小時都是專家提出的醫學證詞。

著名的病理分析師亞倫．賈西亞醫生用專業術語說明死者胃裡的殘留物：麵包、魚肉餡、茶、殘存的嗎啡……，然後是更多專有名詞和各式各樣的數據。死者約莫服下了四喱[5]

嗎啡。通常只要一喱就可致人於死。

艾德溫先生依舊平和地站起來。

「這一點我想要弄清楚。你說胃裡面只有麵包、奶油、魚肉餡、茶和嗎啡。沒發現其他食物了嗎？」

「是的。」

「也就是說，死者在一段相當長的時間裡，只吃了三明治和茶？」

「可以這麼說。」

「有沒有什麼證據指出，哪樣食物是放置嗎啡的特定媒介？」

「我不能確定。」

「我把問題簡單化好了。嗎啡可以混在諸如魚肉餡、麵包裡、麵包裡面的奶油、茶，抑或是喝茶時需要添加的牛奶中？」

「的確是這樣。」

「有沒有任何證據指出，嗎啡混在魚肉餡內的可能性比較大？」

5 喱（grain）為英美制的重量單位，一喱等於〇．〇六五公克。

「沒有。」

「這麼說來，事實上，嗎啡有可能是單獨服下的……換言之，即沒有透過任何媒介，就像吞藥片一樣？」

「是的，當然有這種可能。」

艾德溫先生坐下來。

山姆再度質詢。

「然而，依你所見，嗎啡是和其他食物或飲料一同服下去的？」

「是的。」

「謝謝你。」

§

布理爾警探照本宣科立了誓。他像軍人般木然站著，並駕輕就熟地發表供詞。

「接到報案來到莊園……被告說：『一定是魚肉餡壞了』……搜查過整個地方……其中有個魚肉餡罐子被洗乾淨了，正放在備餐室的木板上晾乾，另外一罐還有半滿……後來又繼續搜查備餐室……」

「發現了什麼？」

「在桌子下方的地板縫裡，找到一張小小的碎紙片。」

證物遞給陪審團傳閱。

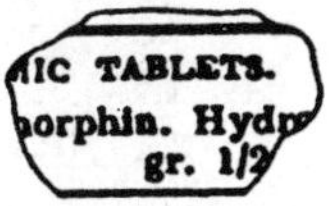

「你認為這是什麼？」

「一張標籤的碎片，就是貼在裝有嗎啡的玻璃管上的標籤。」

辯護律師不慌不忙地站起來說道：「這張碎紙片，你是在地板縫裡找到的？」

「是的。」

「是標籤的一部分嗎？」

「是的。」

「你有找到標籤的其他部分嗎？」

「沒有。」

「你沒發現任何玻璃管，或其他貼有那張標籤的瓶子？」

「沒有。」

「你找到紙片時，它的狀況如何？是乾淨還是骯髒？」

「相當乾淨。」

「相當乾淨，這是什麼意思？」

「它的表面沾了一些地板上的塵埃，但除此之外它相當乾淨。」

「它不會在地板縫裡塞了很長一段時間吧？」

「不會，那應該是最近才發生的事。」

「你的意思是說，這張紙片是在你發現當天掉的，不是早幾天掉的？」

「是的。」

艾德溫先生嘟囔著坐下。

§

荷普金護士坐在證人席上，她的臉色通紅，一副自以為是的模樣。

奧莉隆心裡想，畢竟荷普金護士並不像布理爾警探那樣可怕。布理爾警探的無情可說是麻木不仁，因為他是整個體制的一部分。荷普金護士有滿腔血性熱情，所以也有其偏見。

「你的名字是潔西．荷普金？」

「是的。」

「你是領有合格證照的區公所護士，目前住在杭特伯利莊的玫瑰小屋？」

「是的。」

「今年六月二十八號那天，你人在哪兒？」

「我在杭特伯利莊。」

「有人叫你過去？」

「是的。韋爾曼夫人中風了……是第二次。我過去協助奧布萊護士，直至找到第二位護士來支援。」

「你隨身帶了一個小藥箱？」

「是的。」

「請告訴陪審團藥箱裡裝了些什麼。」

「繃帶、棉花、皮下注射器以及一些藥品，其中包括一個裝有鹽酸嗎啡的管子。」

「你為什麼會帶著這個管子？」

「每天早晚，我必須幫村子的病人注射嗎啡。」

「管子裡有多少容量？」

「有二十錠，每一錠都包含半喱的鹽酸嗎啡。」

「你如何處置你的小藥箱？」

「我把它放在門廳。」

「那是二十八日的晚上。下一次你打開箱子是在什麼樣的情況下？」

「翌日早上大約九點，當時我正準備離開。」

「裡面少了什麼東西嗎？」

「嗎啡管子不見了。」

「你對誰提過這件事？」

「我跟奧布萊護士提過，她是負責照料病人的護士。」

「你放了藥箱的門廳，是不是經常有人走動？」

「是的。」

山姆停了一下，然後接著說：「你和死者瑪麗・傑勒德很熟嗎？」

「是的。」

「請說說你對她的看法。」

「她是一個很可愛的女孩，一個好女孩。」

「她的個性開朗嗎？」

「非常開朗。」

「據你所知，她有碰上什麼麻煩嗎？」

「沒有。」

「她死去之前，有沒有為了某事而困擾，或是為未來而煩惱？」

「沒這回事。」

「她沒有任何理由自我了斷嗎？」

「完全沒有。」

問題接二連三而來，像一個受詛咒而沒完沒了的故事。荷普金護士如何陪同瑪麗來到門房，奧莉隆出現了，她的態度興奮，邀她們一起吃三明治，盤子是先遞給瑪麗。奧莉隆建議清洗所有東西，然後又建議荷普金護士和她一起上樓幫忙整理衣物。

其間艾德溫．布默先生不斷地打岔抗議。

奧莉隆心裡想：「這全是實情……她也這麼認為。她很篤定是我做的，她說的每句話都是實話……真是可怕，全是實話。」

奧莉隆再次抬起頭來，她看見赫丘勒．白羅若有所思地望著她，那目光幾近親切寬容。他以知之甚深的神情看著她……

此刻，那張標籤碎紙片正傳到荷普金手中。

「你知道這是什麼東西嗎？」

「是標籤的一小部分。」

「可以告訴陪審團這是什麼標籤嗎？」

「可以……這是從管子上掉落的部分標籤。半哩嗎啡藥片……和我遺失的藥片一樣。」

「你確定？」

「當然。這是從我的管子上剝落的。」

法官說道：「有什麼特別記號可以讓你辨認出這是你遺失的那支管子上的標籤？」

「沒有，庭上，但它們絕對是一樣的。」

「真的嗎？你這麼確定它和你遺失的管子標籤非常類似？」

「是的，我正是這個意思。」

法官宣布休庭。

／22

次日，艾德溫．布默先生進行交叉質詢。他現在一點也不溫和，口氣激烈地說：「關於這個一再提起的小藥箱，在六月二十八日那天，是否整晚都放在杭特伯利莊的門廳？」

荷普金護士同意道：「是的。」

「這實在有點粗心大意，對吧？」

荷普金護士臉紅了。

「是的，我自己知道。」

「你是否習慣將危險藥物放在任何人隨手可及之處？」

「不，當然不是。」

「哦，不是？你是說，這次是個意外？」

「是的。」

「那麼，事發當晚，屋子裡的任何人都能隨心所欲地取得嗎啡囉？」

「我想是的。」

「不要猜測，事實確是如此，對吧？」

「呃，是。」

「這表示不只是克里修小姐拿得到，任何一位僕人也拿得到。包括洛德醫生、羅迪先生、奧布萊護士，還有死者本人，統統拿得到。」

「我想……是的。」

「到底是或不是？」

「是的。」

「事前有任何人知道你的藥箱裡有嗎啡嗎？」

「我不清楚。」

「你有告訴過誰嗎？」

「沒有。」

「如此說來，克里修小姐並不知道藥箱裡有嗎啡了？」

「她可以打開藥箱看。」

「但是這個可能性很小，不是嗎？」

「我……我不知道。」

「不過，有人比克里修小姐更可能知道你的藥箱裡放有嗎啡。比方說洛德醫生，因為你是在他的吩咐之下負責保管這些嗎啡的吧？」

「是的。」

「瑪麗・傑勒德也知道你那裡有嗎啡嗎？」

「不，她不知道。」

「她不是常常到你住的小屋去嗎？」

「不，她不常去。」

「真的嗎？但是我認為她不只常到你家去，而且她比大屋裡的任何一個人都更可能知道你的藥箱裡有嗎啡。」

「我不同意你的說法。」

艾德溫爵士停頓一下。

「第二天早晨你告訴奧布萊護士說嗎啡不見了嗎？」

「是的。」

「我重複一遍你當時說的話：『我把嗎啡忘在家裡了，我得回家去拿。』」

「不，我沒說過這樣的話。」
「難道你沒表示嗎啡可能放在你家的壁爐台上嗎？」
「呃，就是因為我找不到嗎啡，我才猜想一定是放在壁爐上忘了拿。」
「實際上你自己也不確定嗎啡管子到底被你放在哪裡了！」
「不，我知道，我把它放在藥箱裡。」
「那為什麼你在二十九日的早晨會認為你是忘在家裡了？」
「因為我猜想應該是這樣。」
「那我得說，你是個相當粗心的護士。」
「事實並非如此！」
「所以有時你的陳述也是相當不可靠，不是嗎？」
「不是這樣的，我非常清楚自己說的每句話。」
「你是否說過你在七月二十七日，也就是瑪麗死亡的那天，曾被玫瑰給刺到？」
「我不認為這與本案有什麼關係。」
法官問道：「這與本案有關嗎，艾德溫爵士？」
「是的，閣下，這是我在辯護時的一個重要部分：我是想證明該名證人的證詞是不可信的。」

他重述了剛才的問題：「你是否確定你在七月二十七日那天，手腕曾被玫瑰給刺到？」

「是的。」荷普金挑釁地說道。

「是什麼時候被刺到？」

「是在我們走出門房要去大屋時。」

「那是一叢怎麼樣的玫瑰？」艾德溫先生懷疑地問。

「它攀緣在門房外，開著粉紅色的花。」

「你確定？」

「非常確定。」

艾德溫先生停頓了一下，又問：「你是否堅持自己在六月二十八日前往杭特伯利莊時，藥箱中放著那管嗎啡？」

「是的，我有帶著它。」

「即使是前不久奧布萊護士才作證說，你曾告訴她，也許你自己把東西忘在家裡了，你還是堅持這一點？」

「是的，這是我負責保管的，我很清楚。」

艾德溫爵士嘆了口氣。

「你對遺失嗎啡這件事，難道不會感到不安？」

「不，不會。」

「所以你相當自在，儘管遺失的嗎啡劑量足以致命。」

「當時我不認為有人會故意拿走它。」

「我懂了，你當時並無法確定自己帶著它。」

「不，我很確定有放入藥箱裡。」

「二十錠半喱的藥片，也就是說有十錠嗎啡的藥量，這足以致多人於死命了？」

「是的。」

「但你並未感到不安……你並未向警方報備？」

「我認為這沒什麼。」

「我認為，若你真如自己所言是個有責任感的人，應當會在嗎啡不見的同時，就向警察報案。」

「我沒這麼做。」荷普金紅著臉說。

「那確實是因你的粗心而發生的一起犯罪案件。看來你不大負責。你是否經常把這些危險藥物放錯地方呢？」

「以前從未發生過。」

接下來幾分鐘，荷普金護士紅著臉、心慌意亂且自我矛盾地解說著……艾德溫先生的訊問令她無法自圓其說。
辯護律師再問證人。
「死者瑪麗・傑勒德是否在七月六日星期四當天立下自己的遺囑？」
「是的。」
「為什麼她要立遺囑呢？」
「因為她認為該做這事，所以她就去做。」
「你確定她不是因為心情沮喪，或是對自己的未來有不確定感而立下遺囑？」
「無稽之談！」
「但預立遺囑，表示她心裡有在思考死亡這件事。」
「不完全是，她只是認為立遺囑是該做的事，所以她去做了。」
「你說的是這份嗎？簽署人是瑪麗・傑勒德，見證人是女裝店助理愛蜜莉・比格斯和羅傑・韋德。而所有財產的受益人是伊莉莎・賴利的妹妹瑪麗・賴利。」
「沒錯，就是這份遺囑。」
陪審團傳閱了遺囑。
「據你所知，瑪麗是否留有任何遺產？」
「不，沒有。」

「但最近她是否即將得到一筆遺贈？」

「是的。」

「這筆錢的總金額是二千英鎊，是克里修小姐給她的？」

「是的。」

「克里修小姐這麼做是受到壓力，或是完全出於她的慷慨？」

「這完全是出於她自己的意願。」

「可以確定的是，如果她討厭瑪麗，她是不可能心甘情願送她這麼一大筆錢。」

「那倒是真的。」

「你這句話是什麼意思？」

「我沒有別的意思。」

「現在請你坦白告訴我們，你是否聽過瑪麗和羅迪先生間的閒言閒語？」

「他對她很好。」

「有什麼事可以證明嗎？」

「我就是知道。」

「噢，『我就是知道』這種說法無法取信於陪審團。你是否說過，她和韋爾曼先生之間什麼也不會發生，因為韋爾曼和克里修小姐有婚約。而她在倫敦也是這麼對他說？」

「她正是這樣對我說的。」

之後輪到山姆先生訊問：「當瑪麗．傑勒德和你討論遺囑的內容時，被告是否正好從窗外望進來？」

「是的，正是如此。」

「她當時說了什麼話？」

「她說：『瑪麗，你在立自己的遺囑啊？真是好笑！』接著她一直笑個不停。」荷普金不懷好意地說：「以我看來，也許就在那瞬間某個念頭進入她的腦子裡，這意念使她想除掉那女孩，她的心中動了殺機！」

法官嚴肅地說：「請針對訊問內容回答，後面的個人說詞不列入記錄。」

奧莉隆心想：「好奇怪……當人們說出實話時，他們卻要將它刪掉。」

她很想放縱大笑一番。

§

奧布萊護士出庭作證。

「今年六月二十九日早晨，荷普金護士是否對你說了什麼？」

「她說藥箱裡有一管鹽酸嗎啡不見了。」
「那你怎麼處理？」
「我幫她找。」
「但是找不到？」
「是的。」
「據你所知，藥箱整夜都放在門廳裡嗎？」
「是的。」
「羅迪先生和被告在韋爾曼夫人臨終那段時間，也就是六月二十八日到二十九日，都住在杭特伯利莊嗎？」
「是的。」
「你可以告訴我們，就在韋爾曼夫人死後的第二天，也就是六月二十九日，有什麼事情發生？」
「我看見羅迪先生和瑪麗·傑勒德在一起，他向她傾訴愛意，並想要吻她。」
「那時他已與被告訂婚了吧？」
「是的。」
「後來又發生了什麼事？」

「瑪麗提醒羅迪說，他應該感到羞愧，因為他與奧莉隆小姐已經訂了婚。」
「以你所見，你認為被告對瑪麗有何感覺？」
「她恨死瑪麗。她會在背後牢牢盯住瑪麗，就像是要毀了她一樣。」她肯定地說道。
艾德溫律師跳了起來。
奧莉隆心想著，他們為何要爭論這點？這有什麼關係呢？
輪到艾德溫律師訊問。
「荷普金護士是否曾說過，她也許把嗎啡忘在家裡？」
「呃，你知道，是這樣的，就在……」
「請針對問題回答。她是否曾說過，或許是自己把嗎啡忘在家裡了？」
「是的。」
「她當時對這件事感到擔憂嗎？」
「不，一點也沒有。」
「是不是她認為她也許忘在家裡沒帶出來，所以不覺得這事有什麼好擔心的。」
「是的，她沒想到會有人拿走嗎啡。」
「沒錯。直到瑪麗・傑勒德中毒身亡後，她才想到這個可能性。」
法官打斷訊問說：「艾德溫先生，我認為你在前一位證人的訊問中，已經表示過你的見解了。」

「是的，閣下。」

艾德溫繼續訊問奧布萊護士。

「現在請告訴我，被告和死者是否曾發生口角？」

「不，她們不曾吵過架，拌過嘴。」

「克里修小姐是否對死者總是和顏悅色？」

「是的，她對那女孩是挺友善的。」

「是的，是的，但這種事誰料得準？我想你是愛爾蘭人吧？」

「是的。」

「愛爾蘭人的想像力是很豐富的，不是嗎？」

「我所說的每件事都是真的！」奧布萊失聲大喊。

接著是雜貨店老闆艾博特先生出庭作證。

他不自覺地慌亂起來（雖然有點為自己的重要性而倍感興奮）。他的證詞很簡短：那次她購買了兩罐魚肉餡；被告曾說，她聽說發生過很多起魚肉餡中毒案件；她看起來好像挺浮躁的，舉止也有些可疑。

交叉訊問到此結束。

23

辯方的開場辯詞：

「各位陪審團的女士先生，如果我願意的話，我要指出本案並沒有不利於被告的證據。提出證據的責任在於檢方，而到目前為止，他們無疑地並沒有證明任何事。他們聲稱我的當事人奧莉隆．克里修取得嗎啡並加在食物中，毒死了瑪麗．傑勒德。然而，那棟房子裡的每一個人都有相同的機會去盜取嗎啡，更何況這管嗎啡是否曾經被帶到房子裡尚大有可疑。而檢方唯一依賴的就只是本案下手的機會，所有的調查都是為了證明被告具有動機，可是檢方就連這點也做不到。因為，各位陪審團的女士先生，被告根本不具有動機！檢方曾經提到一點就是：她與未婚夫解除了婚約！我想請問的是，如果說解除婚約可以拿來當成謀殺動機，為什麼我們並沒有每天都聽聞謀殺案件呢？再者，我要強調的是，這樁婚約並非出於極度的激情，主要是家庭因素使得男女雙方訂下盟約。克里修小姐和韋爾曼先生從小一起長大，他們對彼此都深具好感，在成長過程中漸漸發展出更深刻的情感；這本來就是一樁溫和的純純之愛。

（噢，羅迪，羅迪。一樁溫和的純純之愛？）

「此外，值得注意的是，這個婚約的取消，不是由男方所提出，而是由我的當事人克里修小姐所提出。我認為克里修和韋爾曼之所以訂婚，完全是為了使韋爾曼老夫人高興。當她過世後，雙方意識到彼此的感情基礎仍不穩定，不夠強烈到可以進入共同生活的婚姻之中，然而他們仍然是好朋友。不只如此，克里修繼承了姑媽的大筆遺產之後，出自仁慈的天性，還打算慷慨地贈與一筆金錢給瑪麗，這樣的一個女孩竟遭檢方指控下毒！這真是一個可笑的說法。

「而其中唯一對被告不利的就是下毒的場合了。

「然而檢方表示，根據事實，除了奧莉隆．克里修之外，沒有人可能殺害瑪麗．傑勒德。於是他們針對此點去調查任何可能的動機。但如同我先前告訴你們的，他們根本無法找到任何謀殺動機，因為本來就不曾存在。

「如今難道除了奧莉隆．克里修以外，再無他人有謀害瑪麗．傑勒德的可能嗎？事實真是這樣嗎？不，不，不是這樣的！我們不能排除瑪麗是死於自殺的可能；當然也不能排除當克里修下去門房時，有人在三明治裡下了毒。另外也還有第三種可能。舉證的基本原則是：倘若有一種推論與現存的證據相符，那麼就應當宣判被告無罪開釋。而我打算向你們證明還有一人有相同的機會毒害瑪麗，而且他的動機更為充分。我打算證明給你們看，有另一個人能夠取得嗎啡，而且具備充分的動機。我可以證明那個人也有很好的下手機會。如果檢方只能以下手機會的因素來指控我的當事人，我認為沒有一個陪審團能夠判她有罪。更何況另一個人不只具有同樣的機會，動機更是明顯。我還要請某些人出庭作證，證實檢方的證人中，有人提供了預謀的假證詞。可是首先，我要請被告本人向你們陳述這一切，讓你們能夠知道，檢方對被告所提出的指控是多麼毫無根據。」

§

她發誓所言為真。她正以低沉的語調回答艾德溫先生的問題。法官傾身聆聽。

他叫被告說大聲點。

艾德溫先生的語調溫和而具鼓勵意味，所有的回答事先都已排練過。

「你喜歡羅迪嗎？」

「非常喜歡。他就像個哥哥……或表哥，我一直當他是表哥。」

這個婚約……順理成章……和一個從小就認識的人結婚，這樣的婚姻應該是令人期待的……

「是否，我們可以稱之為熱烈的戀情？」

（熱烈的？哦，羅迪……）

「不……你知道我們已經認識對方很久了……」

「自從韋爾曼夫人過世後，你們之間有沒有產生不一樣的感覺呢？」

「有。」

「你如何解釋這種感覺？」

「我想其中一部分是金錢的因素。」

「金錢？」

「是的，那令羅迪感到不舒服。他認為人們會以為他是為了錢才和我結婚……」

「這婚約不是因為瑪麗．傑勒德的介入而解除的嗎？」

「我確實認為羅迪相當喜歡她，但我不認為這有什麼大不了。」

「如果婚約是因此而取消，你會感到惱怒嗎？」

「哦，不會。我只會當它是個不合適的婚約，就這樣而已。」

「現在，奧莉隆．克里修小姐，六月二十八日，你有沒有從荷普金護士的藥箱裡取走一管嗎啡？」

「沒有。」

「你曾經攜帶過嗎啡嗎？」

「從來沒有。」

「你知不知道你的姑媽生前並沒有預立遺囑？」

「不知道，這個消息對我來說是一大意外。」

「你認為在六月二十八日她過世的那天晚上，她是否試著傳達訊息給你？」

「我只知道她沒有為瑪麗預做安排，但她渴望為她做些安排。」

「因此，為了完成她的遺願，你打算要拿一筆錢給這女孩嗎？」

「是的，我想完成蘿拉姑媽的心願，另一方面也很感激瑪麗為我姑媽所做的一切。」

「七月二十六日，你從倫敦來到曼登佛德，住在國王飯店？」

「是的。」

「你這次回來的目的為何？」

「有人開價買了杭特伯利莊，這位買主希望能快點住進來。我必須整理姑媽的私人物件，並把事情妥善處理。」

「七月二十七日，在去莊園的途中，你有購買食物嗎？」

「有的，我想若能像野餐一樣用午餐，會比回村子裡用餐方便。」
「你到了莊園把你姑媽的私人物件都處理安排了？」
「是的。」
「然後呢？」
「我下樓到備餐室做了一些三明治，並走到門房邀請荷普金護士和瑪麗前來共進午餐。」
「為什麼你要這麼做？」
「我想替她們省去在大熱天往返於村子和門房之間的路程。」
「沒錯，實際上，這是自然又友善的行為。她們接受邀請了嗎？」
「是的，她們和我一起走回來。」
「你把三明治放在哪裡？」
「我把它們放在盤子上，留在備餐室裡。」
「當時窗子是開著的嗎？」
「是的。」
「那表示你不在時，任何人都可以進入？」
「是的。」
「如果任何人從外面看到你正在做三明治，他們會怎麼想？」

「他們也許推測我正在準備野餐式的午餐！」

「他們有可能知道，會有其他人和你共進午餐嗎？」

「不，不可能。邀請其他人共餐的想法，是在我看到自己買了太多食物時才產生的。」

「所以，若有人趁你不在時進來，把嗎啡放在其中一個三明治裡，他們企圖要毒害的對象就是你了？」

「嗯，是的。」

「當你們三人回到房子後，發生了什麼事？」

「我們到了晨室，然後我取來一盤三明治請她們兩個人共用午餐。」

「你有沒有和她們一起喝東西？」

「我喝了開水，桌上有啤酒，可是荷普金護士和瑪麗喜歡喝茶，荷普金護士到備餐室去泡茶。她用托盤端來一壺茶，瑪麗倒了茶。」

「你沒有喝茶嗎？」

「沒有。」

「但瑪麗和荷普金護士都喝了？」

「是的。」

「後來怎麼樣了？」

「荷普金護士出去了，去關火。」

「只剩下你和瑪麗獨處。」

「是的。」

「後來呢？」

「幾分鐘後我收拾餐具，拿到備餐室。荷普金護士也在那兒，我們一塊兒沖洗餐具。」

「荷普金護士當時是挽起衣袖的嗎？」

「是的。當時是由她洗餐具，我來擦乾。」

「你對她手腕上的傷痕有表示什麼意見呢？」

「我問她是不是自己刺傷的？」

「她怎麼說？」

「她說：『在門房的玫瑰棚架那裡弄的，等會兒我再把刺挑出來。』」

「當時她的表情和態度如何？」

「我覺得她似乎很熱，流著汗，臉色有點奇怪。」

「之後又發生了什麼事？」

「我們一起上樓，她幫我整理姑媽的遺物。」

「當你們再次下樓時是幾點呢？」

「那已是一小時之後的事。」

「當時瑪麗人在哪裡？」

「她正坐在晨室裡，發出奇怪的呼吸聲。那時瑪麗已經失去了知覺，我照著荷普金護士的指示打電話給醫生，而醫生在瑪麗斷氣前趕到。」

艾德溫先生故作姿態地聳了聳肩。

「克里修小姐，是你殺害了瑪麗嗎？」

（輪到你了！抬頭，眼睛直視前方。）

「不是！」

§

山姆．艾頓博爵士上場，她心跳開始加速。因為現在她已正面和敵方交鋒，再沒有溫和的詞語，也沒有預先熟記的答案。

「你說你和羅迪先生訂過婚？」

「是的。」

「你很喜歡他嗎？」

「非常喜歡。」

「我認為你深愛著他，所以當羅迪愛上瑪麗之後，你萬分地嫉妒她。」

「不！」

（這個「不」字，是否適當地表達了她的氣憤？）

「我認為你是下了決心要把瑪麗除掉，期望韋爾曼先生能因此回到你的身邊。」山姆爵士語帶威脅地說。

「完全不是這樣。」

（傲慢，但帶著一絲疲倦……這樣比較好。）

問題持續下去，真像是一場永不止歇的噩夢……

可怕又傷人的問題一個接著一個。其中有些問題她早已有所準備，可是另外一些問題卻讓她措手不及……

你必須時刻想著自己現在所扮演的角色，絕對不能回答說：「是，我恨死她了……是的，我希望她死。是的，當我做三明治的時候我心裡一直在想，若她死了……」

應當保持沉著冷靜，回答問題要盡量簡短，不動聲色……

要奮戰……要在每個細節上奮戰……

這之後……有個長著猶太鼻子的可怕男人坐了下來。艾德溫先生以友善又有點裝模作樣的熱情，問了他一些簡單又有趣的問題。他試著要為她除去自己在交叉詢問時帶給人的壞印象……

現在她又坐回被告的位子，看著陪審團，猜想……

§

羅迪。羅迪出庭作證。羅迪站在那裡，眨了眨眼，看得出來他討厭這一切。現在的他，看起來不太真實。

所有事情都已不再真實了，一切都顛倒了，白變成了黑，上變成了下，東變成了西……我已經不是奧莉隆．克里修了，我成了「被告」。無論我是被絞死還是被釋放，一切都不同於從前了。唉，如果能有什麼，哪怕是一點正常的事情可以抓住的話……

（或許是洛德的臉，那帶著雀斑的臉上，和那一如往常的特殊姿態……）

喔，艾德溫先生訊問到什麼地方了？

「你是否能談一談克里修小姐對你的態度？」

羅迪沉著地說道：「依我看，她對我用情很深，但還說不上是熾烈的愛情。」

「你思考過自己和克里修小姐的婚約嗎？你滿意嗎？」

「哦，還可以。我們之間很有默契。」
「羅迪先生，請你告訴陪審團，你們取消婚約的確實原因。」
「呃，在韋爾曼夫人過世之後，我們的感情也終止了，我想是受到一點打擊吧！想到自己一文不名，卻要和有錢的女人結婚，心裡就很不是滋味。其實這個婚約的解除是雙方以成熟態度共同決定的，我們兩人都因此鬆了一口氣。」
「現在，請你談一談你與瑪麗的關係。」
（噢，羅迪，可憐的羅迪，你一定非常討厭這些吧！）
「我認為她非常美麗動人。」
「你愛她嗎？」
「有一點。」
「你最後一次看到她是在什麼時候？」
「大概是七月五日或六日。」
艾德溫先生以冷酷的語調問：「我認為在這之後你還見過她。」
「沒有，之後我就出國了……到威尼斯和達馬希亞。」
「你是什麼時候回到英國？」
「當我接到電報後……讓我想一想……應該是八月一日。」

「可是據我所知，七月二十七日你人在英國。」

「不對。」

「韋爾曼先生，你不要忘記你是宣誓過的。你的護照上明確記載著你是七月二十五日返回英國，七月二十七日夜裡又離開了。」艾德溫先生語帶威脅地說。

奧莉隆的心突然回到了現實。她皺著眉頭想著，為什麼辯護律師會攻擊起自己的證人了呢？

羅迪的臉色變得蒼白了。他停了一會兒，然後勉強擠出幾個字：「是的，沒錯，是這樣……」

「那你有沒有在七月二十五日這天，到倫敦拜訪瑪麗？」

「是的，我有。」

「你去請求她嫁給你嗎？」

「呃，呃……是的。」

「她怎麼回答？」

「她拒絕了。」

「你不是一位有錢人，對吧，韋爾曼先生？」

「是的，我並不富有。」

「你還欠了好多債，是吧？」

「你問這些要做什麼？」

「你知道克里修小姐在遺囑裡聲明把她一切的財產都留給你嗎？」

「我這是第一次聽到。」

「七月二十七日早上，你是在曼登佛德？」

「不是。」

艾德溫先生坐了下來。

檢察官山姆先生問：「你說你認為被告並不是深深愛著你。」

「是的，我是這麼說的。」

「你是一個知書達禮的男人嗎？韋爾曼先生？」

「我不懂你的意思。」

「如果有個女孩深愛著你，但是你對她並非如此，那麼你會感到自己有必要去隱瞞這個事實嗎？」

「當然不會。」

「你是念哪一所學校？」

「伊頓公學。」

山姆先生微笑道：「謝謝你，我問完了。」

§

接下來是艾爾弗・瓦格雷。

「瓦格雷先生，你是玫瑰花的專業種植者並住在波克郡嗎？」

「是。」

「十月二十日，你曾到曼登佛德的杭特伯利莊察看門房附近的玫瑰花叢嗎？」

「是的。」

「你能描述一下這個花叢嗎？」

「這是一種著名的爬蔓玫瑰，叫澤蓮卓芬玫瑰，這種玫瑰是粉紅色的，開放時芳香四溢，而且沒有刺。」

「這麼說來，它不可能刺傷人吧？」

「絕對不可能，這種玫瑰並沒有刺。」

交叉詢問到此結束。

§

「你叫詹姆斯・亞瑟・利特多。你是領有合格證書的藥劑師，在豪爾藥品批發公司工作嗎？」

「是的。」

「你能告訴我這張小紙片是什麼嗎？」

證物傳給了證人。

「這是我們公司的標籤。」

「什麼標籤？」

「是我們貼在裝片錠藥品的玻璃管上的標籤。」

「你能否根據這個標籤，說出貼有這標籤的玻璃管裡裝的是什麼藥品？」

「能。我確信這玻璃管裡裝的是：皮下注射用的二十分之一喱劑量的脫水嗎啡藥片。」

「不是鹽酸嗎啡嗎？」

「絕對不是。」

「為什麼？」

「因為在鹽酸嗎啡的標籤上，『嗎啡』（morphine）這個字的開頭一定是用大寫M，而撿到的這個標籤雖然已經撕壞了，但用放大鏡可以清楚看見，它的『嗎啡』是小寫的m。它只是『脫水嗎啡』（apomorphine）這個字的一部分。

「請將標籤和放大鏡拿給陪審團。你有完整的標籤嗎？」

那張撕毀的標籤和藥劑師拿來比較用的完整標籤，被一起遞給陪審團傳閱著。

艾德溫先生開始訊問：「你說這標籤是從脫水嗎啡的管子上撕下來的。那麼所謂脫水嗎啡是什麼樣的藥品呢？」

「它的化學式是：$C_{17}H_{17}NO_2$。這是將鹼化嗎啡和稀釋的鹽酸放在密閉容器中加熱，而後提煉出來的嗎啡誘導劑，在這種情況下嗎啡缺乏一個水分子。」

「這種脫水嗎啡的特性是什麼呢？」

利特多先生平靜地回答：「到目前為止，脫水嗎啡是所有催吐劑中最為有效、最迅速的催吐劑。幾分鐘內就可生效。」

「那麼若有人吞下足以致命的嗎啡數量，又在幾分鐘內再注射這種脫水嗎啡，會產生什麼後果？」

「幾乎立刻就會引起強烈的嘔吐，這樣嗎啡就會從身體中排出去了。」

「若兩個人吃了一樣攙有嗎啡的三明治，或喝了一樣攙有嗎啡的同一壺茶水，其中一人馬上注射了脫水嗎啡，那將會產生什麼樣的後果呢？」

「注射脫水嗎啡的人會立刻把攙有嗎啡的食物或茶吐了出來。」
「所以，對這個人的身體就不會產生傷害了嗎？」
「不會。」
法庭上突然響起激昂的喧嘩聲，以及法官要求安靜的吆喝聲。

§

「你是定居在奧克蘭布蘭巴查理街十七號的艾米莉·塞德利嗎？」
「是。」
「你認識一位崔珀太太嗎？」
「認識，我認識她超過二十年了。」
「你知道她娘家的姓嗎？」
「知道，我參加了她的婚禮。她那時叫瑪麗·賴利。」
「她是生於紐西蘭嗎？」
「不，她是從英國來的。」
「你是從訴訟一開始就在法庭上旁聽了嗎？」

「是的。」

「你在法庭上有沒有見到這位瑪麗・賴利或叫崔珀的人？」

「有的。」

「在哪兒見過？」

「在證人席上，她提供過證詞。」

「那她使用的是什麼名字？」

「潔西・荷普金。」

「你能肯定這位潔西・荷普金就是你認識的瑪麗・賴利或稱作崔珀的女人嗎？」

「我十分肯定。」

此時，在法庭的後方似乎有什麼動靜。

「除開今天不談，你最後一次見到瑪麗・崔珀是什麼時候？」

「是五年前，之後她去了英國。」

艾德溫先生向檢察官鞠躬說道：「輪到你問了。」

山姆先生看來有些狼狽，他說：「我想……塞德利太太，你可能弄錯了。」

「我沒有弄錯。」

「她們可能只是容貌神似，所以你認錯了人。」

「不，我對瑪麗．崔珀相當熟悉。」

「潔西．荷普金是個合格的區公所護士。」

「瑪麗．崔珀在結婚前是醫院的護士。」

「你知道嗎，你這樣是在指控檢方的證人做偽證？」

「我非常明白我在說什麼。」

§

「艾德華．約翰．馬休，你曾在紐西蘭的奧克蘭住過幾年，而現在你住在雷恩街十四號，對吧？」

「是的。」

「你認識瑪麗．崔珀嗎？」

「我在紐西蘭時認識她，已經好多年了。」

「你今天在法庭上見到她了嗎？」

「見到了。她稱自己為荷普金，但其實她就是崔珀太太沒錯。」

法官抬起頭，他音量不高但清晰、有力地說：「我認為有必要重新傳喚證人潔西．荷普金。」

法庭內一時鴉雀無聲，這時傳來了回覆的喃喃聲。

「法官閣下，潔西・荷普金在幾分鐘前離開了法庭。」

§

「赫丘勒・白羅！」

白羅來到證人席，宣了誓，而後他摸摸鬍子，斜著頭通報了自己的姓名、住址以及電話號碼。

「白羅先生，你認得這份文件嗎？」

「當然認得。」

「它是如何到你手裡的？」

「是區公所的荷普金護士給我的。」

辯護律師艾德溫轉向法官說：「閣下，請允許我高聲朗讀一下這個文件，然後再交給陪審團的女士先生傳閱。」

／24

辯護律師的結論：

「陪審團的女士先生，現在責任落在你們身上了。輪到你們宣布奧莉隆・克里修是否可以走出這個法庭而且恢復自由之身。假設我們等一下提出的證詞，使你們確信奧莉隆・克里修果真是毒死了瑪麗・傑勒德的凶手，那麼你們的責任就是在此宣布她的罪行。但是倘若在你們看來確有強烈、甚至更為有力的證據，指向另外一個人涉案，那麼你們也有責任毫不遲疑地釋放這名無辜的被告。

「目前的案情與起初是迥然不同了，關於這點你們等一下將會了解。昨天，在白羅先生提出那戲劇性的證詞之後，我又請了其他證人出庭作證，他們都清楚地證明瑪麗・傑勒德其實是蘿拉・韋爾曼夫人的私生女。果真如此，那由推論可知，韋爾曼夫人最近的血親不是她的侄女奧莉隆・克里修，而是她的私生女瑪麗・傑勒德。也就是說，當韋爾曼夫人死後，應當由瑪麗來繼承這筆鉅額的遺產。各位陪審團成員，這也是本案的癥結所在：瑪麗將繼承價值將近二十萬英鎊的財產。但瑪麗本人對這點毫無所知，她更不知道那自稱為荷普金的女人其真正的身分。各位，你們或許猜想，瑪麗・賴利（或者是崔珀）確有其合理的理由改名為荷普金。既然如此，那為什麼她不在法庭上做必要的解釋呢？

「我們了解到的情況是：瑪麗・傑勒德因荷普金一再勸誘而寫下了遺囑，決定把她自己所擁有的財產全數留給伊莉莎・賴利的妹妹『瑪麗・賴利』。我們也知道，荷普金護士的職業，使她很有機會接觸到鹽酸嗎啡和脫水嗎啡，並且清楚這些藥的作用。而且事實證明，荷普金護士說她的手腕被根本沒有刺的玫瑰所刺傷。所以那純粹是謊言。試想，如果她不是急著解釋她注射後所留下的針孔，為何要對克里修說謊？你們回想一下，被告宣誓後說，在她收拾餐具走進備餐室的時候，發現荷普金護士好像不太舒服，臉色鐵青。若推斷在此之前她曾嘔吐得很厲害，那也是完全合情合理。

「我還想提醒大家一點：如果韋爾曼夫人再多活一天，她將會立下遺囑，她會盡可能地為瑪麗・傑勒德的未來生活做好合適的安排，可是不會把所有的財產全留給瑪麗。因為韋爾曼夫人相信，自己的私生女兒如果仍生活在另一個不同的生活圈，會過得比較快樂。

「去舉發另外一個人的罪證，並不是我份內的事。除非這個人有同樣強烈的做案動機和相同的行凶機會。

「從這個觀點來看，陪審團的女士先生，我認為這件指控奧莉隆・克里修謀殺的案件，是不成立的。」

§

法官賈斯特・貝丁弗向陪審團所做的結論說道：

「……你們必須完全確定，七月二十七日這天，被告曾讓瑪麗・傑勒德服下了致命的嗎啡；不然的話，你們必須宣告被告無罪釋放。

「檢察官曾陳述過，當時唯一有機會給瑪麗下毒的是被告。經辯方數次調查，發現其實另有多種可能。其中一種說法是：瑪麗是自殺的。但針對這項說法，辯方唯一提得出的證據是：瑪麗在她死亡不久前才立下一份遺囑。但實際上並沒有任何跡象顯示，她心情沮喪、消沉、不快樂，或者有任何輕生的念頭。另有一說法是：嗎啡可能是在克里修離開備餐室到門房去的這段空檔，被另一人放入三明治的。如此看來，這個人要下毒害死的對象，應是克里修，而瑪麗之死也許是個誤失。第三種說法則是，辯方認為另有一人同樣有機會放入嗎啡，這次是攙在茶裡而不是三明治內。為了支持這個說法，辯方傳喚證人利特多，他起誓說，那張在備餐室中發現的小紙片，是脫水嗎啡外包玻璃上的一部分標籤，那是一種很強、很快的催吐劑，之前也曾傳閱給你們看過。依我看來，警方在沒有仔細查證原始標籤的情況下，就貿然斷定那是一張鹽酸嗎啡的標籤，實有失職之處。

「再者，根據證人荷普金的證詞，她表示自己在門房時，手腕被附近的玫瑰叢刺傷。根據另一位證人瓦格雷先生指出，他曾檢查過門房邊的玫瑰叢，那個品種的玫瑰根本就不會長刺。因此你必須考慮荷普金護士手腕上的刺傷到底是怎麼來的？還有她為什麼要說謊？

「如果檢方的說法使你們信服，認為只有被告一個人犯案，那麼你們的責任就是宣判她有罪。

「如果辯護律師提出的說法具可信度且與事實相符，那麼你們應當宣判被告無罪。

「我懇切請求諸位秉持執著、勇敢的精神，盡憑你們眼前的證據，慎重而全面地思考這項判決。」

§

奧莉隆·克里修再次被帶進法庭。

陪審團也一個個進來了。

「陪審團的女士先生，你們一致同意你們的判決嗎？」

「是的。」

「請你們看一看被告，然後宣布她是有罪，或者無罪。」

「無罪……」

25

奧莉隆從法庭側門被帶出去了，她隱約看到許多人向她投以迎接的笑容……羅迪、大鬍子偵探……

然而，她轉向洛德說：「我想離開……」

於是他們兩人坐上汽車，飛快地駛出倫敦。置身於平順的戴姆勒汽車中，醫生緘默不語，奧莉隆則享受著這段無聲的平靜。

每過一分鐘，她的思緒就愈飄愈遠了。

一個嶄新的生活……

這也是她一直夢寐以求的，一個新的開始。

突然，她先開口說道：「我……我想去一個僻靜、沒有人的地方……」

「一切都安排好了，我們現在要去療養院，一個安靜的所在。那裡有好多美麗的花園。誰也不會打擾你，或找到你。」

她嘆了一口氣。

「是的……那就是我需要的。」

奧莉隆心想：洛德是個醫生，可以了解她的心情，他知道她的感受，所以不會打擾她。和他在一起可以感受到難得的平靜。她要遠離一切，遠離倫敦……到一個安全的地方……

她想要遺忘，忘掉一切……沒有什麼事能長久留存。它們將和以往的生活和舊情感一同消失，化為烏有。

她將是一個全新、陌生、毫不防備的新人，全然粗糙原始，一切從頭開始。陌生而且脆弱……

令人欣慰的是，此刻可以和洛德在一起……

他們經過了郊區。

奧莉隆終於說道：「這一切都歸功於你，都是你……」

「這都是白羅的功勞，那傢伙簡直就是個魔術師。」

奧莉隆固執地搖了搖頭。

「是你，是你請他幫忙的。」

洛德笑了。

「倒可以說是我請他幫忙的。」

奧莉隆問道：「你怎麼知道不是我？還是你也不確定……」

他回答得很簡單。

「我從來就沒有把握。」

「那也是一開始我差點說出『我有罪』的原因。你知道，我真的有過這種念頭……當我在小屋外笑個不停的時候，我確實有過這念頭。」

「是的，我知道。」

她驚訝地說：「想起來實在太奇怪了……有點像是失了神。那天我去買魚肉餡和準備三明治的時候，我和自己假裝玩著一種危險的遊戲，心想：『我已經在三明治裡面下毒，她吃了就會死掉，那時羅迪就回到我的身邊。』」

醫生了解地微笑了。

「這種幻想是可以幫助自己解除壓力，這不算什麼壞事，真的。因為你在這種幻想的遊戲中發洩了自己的情感，它無形中消除了你身上的某種贅礙。」

奧莉隆承認說：「確實是這樣，因為它突然間消失了！我是指那種邪惡的念頭。當那女人提起門房邊的玫瑰叢時，我一下子就回復了，恢復到正常狀態……」

然後她又顫抖地說：「之後當我們進到晨室，發現她死了……快死了……我突然想到，想殺人與動手殺人之間真的有不同之處嗎？」

洛德回答：「這是完全不同的兩回事。」

「哦，是嗎？」

「那當然不同！想殺人並不會造成傷害，一般人總是傻傻地認為這兩者間並無不同。但其實根本不同。如果你再長思一會兒，你一定會想通一切，覺得自己傻透了。」

奧莉隆哭著說：「你真是一位善於安慰的人。」

「我並不是，這只是普通常識罷了。」洛德結巴地說。

奧莉隆眼中突然湧上淚水。

「在法庭上，不論任何時候，每當我看著你，就能使我勇氣加倍。你看起來是如此……如此地平凡。」然後她笑了。「我好失禮！」

他回答：「我能了解，當人身處於暴風雨中心時，擁有平凡的事物就成為你最大的想望。再說，我常覺得最平凡的東西最好。」

自從坐進車中以來，奧莉隆第一次轉過頭來看著他。

洛德的表情看起來一點也不像羅迪那樣，總是讓她受傷，他的表情不會讓她有種混合喜悅與痛苦的刺痛，他讓她感到溫暖和安慰。

「他的臉是多麼溫暖，」她想道，「溫暖、可愛而又值得信賴……」

車子繼續往前開。最後他們進入一條車道，直抵一棟位於山丘邊緣的寧靜白色房屋。

「你在這兒會很安全。」洛德說道，「誰也不會來打擾你。」

她突然把手放在醫生的手上說：「你……你會來看我嗎？」

「當然了。」

「會經常來嗎？」

「如果你不嫌煩的話。」

「那麼請你……多來看我……」

／26

「我的朋友，現在你了解了吧，人們對你說的謊話跟對你說的真話一樣都很管用。」白羅說。

「難道人人都向你說謊？」彼得・洛德驚奇地問道。

白羅點了一下頭。

「是呀！你知道，為了一大堆這個那個理由。尤其是其中某個將誠實視為處事最高原則的人，由於過於感性、謹慎地看待此事，此人帶給我的困擾也最大。」

「是奧莉隆！」醫生吞吞吐吐地說。

「就是她。所有證據都指出她是殺人犯，而她自己，由於情感太豐富又帶有道德潔癖，完全不欲推翻對自己的指控。她自責太深了，雖然沒做出具體的行動，但也等於是放棄一場辛苦艱難的抗爭，從而向法庭供認一項自己並未犯下的罪行。」

「真是不可思議。」洛德不快地吐出一口氣。

白羅搖搖頭。

「其實不難理解。她是在懲罰自己，因為她是用一種高出常人的道德標準批判自己。」

彼得．洛德頗有體會。

「沒錯，她是那種人。」

「剛開始調查時，我確實覺得奧莉隆有犯罪的高度可能性。但我一直記掛著對你的責任，於是隨著深入的調查，我又發現了另外一個人可能涉嫌犯下另一件重大的案子。」

「荷普金護士？」

「剛開始不是。首先引起我注意的是羅迪，因為他說了謊話。他對我說，他在七月九日離開英國，八月一日回來。但荷普金護士曾無意中提到，瑪麗曾兩次拒絕羅迪的求婚，一次在曼登佛德，另一次在倫敦。而你告訴我，瑪麗是在七月十日去倫敦，也就是羅迪離開英國的第二天。這樣就出現了一個問題：瑪麗是什麼時候與羅迪在倫敦見面的呢？我請我那位神偷朋友協助，看到羅迪的護照，發現原來羅迪從七月二十五日到二十七日這兩天人在英國。由此可見，他在這件事上故意說了謊。

「另外我也沒忘記，有段時間奧莉隆把三明治放在備餐室裡，而自己去了門房。但一向以來，我一直很清楚，若在這種情況下，原來的受害者應當是奧莉隆而不是瑪麗。而羅迪有殺害奧莉隆的理由嗎？有的，有很充分的理由：因為奧莉隆在她的遺囑中，指定羅迪為她財產的繼承人。並且，我也套問出，羅迪可能知道奧莉隆遺囑的內容。」

彼得．洛德說：「那麼你最後又為什麼判斷他不是凶手呢？」

「因為我又碰到一個謊言，而且是個小小的愚蠢謊言。荷普金護士說，她的手腕擦過玫瑰叢，被花刺扎了一下，可是我去查看玫瑰叢，發現那裡的玫瑰並沒有長刺……這表示荷普金護士說謊了。她編造的謊言看起來完全沒有必要，而且是如此可笑，但這就引起我對她的注意了。這時，我心裡開始懷疑起荷普金護士。在此之前，我一直認為她是個可靠的證人，只是出於對死者的喜愛，而對奧莉隆懷有偏見。但現在，出現了這麼一個無謂的謊言，我在心裡再一次分析了她的證詞，並且明白了過去我沒想到的一點：荷普金護士知道瑪麗的一些身世祕密，並且非常急於把這些事情暴露出來。」

洛德吃驚了。

「我還認為她亟欲隱瞞呢！」

「這只是你的錯覺，她極其出色地扮演了熟知內情但又刻意保守祕密的角色。我深思之後，發現她所說的每句話背後，都隱藏著相反的目的。我和奧布萊護士談話後，更證實了這個想法。

「很清楚可以看出荷普金護士在玩某種把戲。我比較了她和羅迪的謊言，心裡琢磨著誰說的話可能只是無心的謊言？

「基於對羅迪的了解，我立刻找到了答案。像他這樣自尊心很強又敏感的人，要承認自己意志力薄弱而不能照計畫留在國外，早早便溜回來，並且被曾經拒絕過他的女孩再次拒絕，那是一件多麼難堪的事啊。而且，既然他不在謀殺現場的證據確鑿，對此事更是毫不知情，所以他不提他曾趕回英國，只說當他獲悉發生謀殺案時，才在八月一日趕回。如此一來便可避免提起不快的回憶，這極為符合他的個性！

「但是，荷普金扯謊是否也出於無心？我愈想就愈覺得事有蹊蹺。手腕上有傷痕何必要撒謊呢？這傷痕有什麼重要性嗎？

「我開始給自己提出一些問題：被竊的嗎啡是誰的？是荷普金護士的。有誰能幫韋爾曼夫人注射嗎啡呢？是荷普金護士。可是，為什麼她要大家注意遺失嗎啡這件事呢？如果荷普金護士是殺人凶手，那針對這個問題的回答只有一個，那就是：另一起謀殺，也就是要殺害瑪麗一事，是計畫很久的了，並且她已經找到了一個合適的代罪羔羊，只是必須讓人認為這個代罪羔羊有取得嗎啡的可能。

「還有其他事件吻合這個設想。譬如，寄給奧莉隆的匿名信。這封信是為挑撥兩個女孩的感情。無疑荷普金希望奧莉隆接到信後，前來阻止瑪麗繼續影響韋爾曼夫人。而意外的收穫是，羅迪竟然對瑪麗一見鍾情，這是荷普金馬上拿來利用的額外工具。這就為這隻代罪羔羊增加了一個做案動機。

「但這兩次謀殺案的背後目的是什麼呢？荷普金為什麼要殺害瑪麗？我開始看見了一絲微光，雖然仍舊十分黯淡。荷普金護士在瑪麗心目中有一定的份量，利用這一點，她促使瑪麗寫下了遺囑，但是遺囑對荷普金毫無利益，它只對瑪麗住在紐西蘭的姨媽有利。於是我想起有村人偶然提起過瑪麗的姨媽是名護士，曾在醫院裡工作過。

「一剎那，這一絲微光更明亮了，這起犯罪的構想亦隨之顯露出來。下一步就很容易了，我再次去拜訪了荷普金，我們雙方都使出精彩的演技。到最後，她終於看似被說服地說出了她一直渴望透露的事實，只是比她預計的可能要更早一些，但時機相當好。她一下子就掉入我的陷阱之中。反正事情早晚都會公開，所以荷普金假裝勉強地拿出一封信，這時，我的朋友，我心中不再是猜測，而是心知肚明了！這封信正使荷普金的罪行無所遁形。」

洛德皺著眉頭問道：「怎麼說？」

「哦，我的朋友，這簡單極了！信封上寫著：『我死後寄給瑪麗』。可是，信裡明明清楚地寫著不能讓瑪麗．傑勒德知道實情。況且信封上寫的是『寄』，而不是『轉交』。這就說明了很多：這封信不是寫給瑪麗．傑勒德的，而是寫給另一個名叫瑪麗的人，那就是伊莉莎．賴利僑居在紐西蘭的妹妹瑪麗．賴利。伊莉莎向她妹妹透露了真相。這封信根本不是瑪麗死後荷普金在門房裡找到的，而是多年前她在紐西蘭收到的，是她姐姐死後寄到的。

「一旦你已對真相了然於心，其他的事處理起來就容易了。而迅捷的航空飛行，也讓我們遠自紐西蘭而來的證人及時趕赴法庭作證。」

「萬一你弄錯了。」洛德說道，「發現荷普金護士和瑪麗・崔珀根本是兩個人時，你怎麼辦？」

白羅冷冷地回答說：「我從來不會弄錯。」

對方笑了。白羅繼續說道：「現在我們知道一些有關瑪麗・賴利（或是崔珀）的事了。紐西蘭警察局雖然一直未能搜集到足以指控她的確切罪證，但在她突然離開紐西蘭之前，他們對她早已監視一段時間了。據了解，她有一個病患是位老婦人，老婦人在遺囑中留了一棟漂亮的小房子給『親愛的賴利護士』。老婦去世得相當突然，她的家庭醫生大為驚疑。另外就是瑪麗・崔珀的先生為自己的妻子投保一筆鉅額壽險之後，也突然死了，而且死因不明。不過倒楣的是，她丈夫雖然開了一張支票要給保險公司，卻忘了寄出去。也許還有其他人的死亡也應當歸罪於崔珀，總之，可以確定的是，她是一個陰險毒辣的女人。

「可以想見，她姐姐的來信，促使她開始計畫一次新的冒險。當她在紐西蘭再也待不下去的時候，就回到了英國，改名換姓為荷普金，並重操舊業地當起護士來……順便提一句，『荷普金』是她死在國外的一個同事的名字，目標則是曼登佛德。原本她或許有勒索的打算。可是，韋爾曼夫人不是那種容易讓人勒索的人。聰明的賴利護士後來明智地放棄這類嘗試。毫無疑問地，她打聽到也發現到韋爾曼夫人是個富婆，而且在某些隨意的談話中，韋爾曼夫人透露了自己還沒立遺囑。

「於是，在那個六月的夜晚，當奧布萊護士告訴荷普金說韋爾曼夫人要請律師來，荷普金便積極展開行動。為了要讓她的私生女瑪麗得到全部的遺產，韋爾曼夫人必須在寫遺囑前就死去！荷普金已經取得瑪麗的信任足以影響她的判斷，所以她只需要說服瑪麗寫下遺囑，把所有的財產留給自己已故母親的妹妹就好了。請注意，這份遺囑寫得多麼小心，上面沒提及任何親屬的名字，只寫了『已故母親的妹妹瑪麗．賴利』。當瑪麗．傑勒德在遺囑上簽字的那刻起，就等於是為自己判了死刑。這麼一來，這個女人只需要找一個可以下手的機會就好了。我猜，她早就計畫好了犯罪的步驟，並利用脫水嗎啡為自己製造有利的證明。也許荷普金原本打算引誘奧莉隆和瑪麗．傑勒德到自己家裡去，可是奧莉隆來到門房邀請她們到屋子裡去享用三明治，她馬上抓住了這個大好機會。然後隨著情勢的發展，奧莉隆順理成章地成了頭號嫌犯。」

洛德慢慢地說：「如果沒有你……她一定會被判有罪。」

白羅迅速回道：「不，是你，我的朋友，她應該感謝你一輩子。」

「我？我什麼也沒做呀，我只是想辦法……」他閉口不說了。

白羅微笑說道：「是呀，你真是想盡了辦法。你一直認為我沒有任何進展，因此焦急到快要失去耐性。而且，其實你也很擔心最後證明她真的是凶手。容我說句冒犯的話，甚至你也對我赫丘勒．白羅說謊了！不過，朋友，你自己並沒有意識到。所以我勸你，將來只要醫治麻疹和百日咳這些小毛病就好，千萬別奢想染指偵探工作。」

洛德一下子面紅耳赤了。

「這麼說，你全知道了？」

白羅嚴肅地說道：「當你拉著我的手，把我領到灌木叢的空地上，並且幫助我找到了你自己才剛扔在那兒的火柴盒時，我就知道了。簡直是幼稚可笑到了極點！」

彼得．洛德縮了下去，他嘟囔道：「這可糗大了！」

白羅繼續說道：「你找園丁談話的目的，是為了讓他提到曾在路上看見你的車，可是後來你又信誓旦旦說這輛汽車根本不是你的。而且你拚命觀察我的神情，以確定我認定那天早上應當有不明人士來過莊園。」

「我真是蠢透了。」醫生承認道。

「你那天早晨在杭特伯利莊做了什麼事？」

洛德臉又紅了。

「真的是可笑至極……我聽說奧莉隆來了，於是跑來莊園看碰不碰得到她。我並不準備和她說話，我……我只是想……呃，看看她。我站在灌木叢中的小徑上，看著在備餐室中的她，切著麵包、奶油……」

「一如夏綠蒂和詩人華瑟。繼續，我的朋友。」

「接下來就沒什麼好說了，我只是溜進灌木叢，一直看著她，直到她離開。」

白羅輕聲地問道：「你打第一眼就愛上了奧莉隆．克里修了，是吧？」

一陣沉默。

「應該是吧。」然後他說，「唉，沒什麼好說的，現在她和羅迪將永遠幸福地生活在一起了。」

白羅說道：「親愛的朋友，你大錯特錯了！」

「哪裡錯了？羅迪對瑪麗只是一段迷戀，她會原諒他的。」

白羅搖頭說道：「不，不，它產生的影響，比你想像的要嚴重許多……在過去和未來之間有一道漆黑的深淵，當你穿過那道漆黑的死亡深淵，再走進陽光燦爛的世界後，你就開始了新的生活。過去的就永遠過去了。」

白羅停了一下又繼續說道：「一個嶄新的生命……那正是奧莉隆正要開始的人生。而你，是你給了她新的生命。」

「不是的。」

「是的。是你的決心、你霸道的堅持，才迫使我接受你的請託。承認吧，你才是她應該感激的人，對吧？」

洛德勉強地回答說：「是，她是很感激我……現在……她要我常去看她。」

「是的，因為她需要你。」

彼得·洛德激動地說：「她更需要『他』。」

白羅又搖著頭說道：「你錯了，她從來不曾需要羅迪·韋爾曼。奧莉隆是深愛他，但非常不快樂，甚至感到沮喪。」

洛德的表情馬上暗了下來，他嘶啞地說道：「她永遠不會那樣愛我。」

白羅柔聲地說：「也許不會，然而她需要你，我的朋友。因為只有和你在一起，她才能開始她的新生活。」

醫生不說話了。

赫丘勒·白羅非常溫和地說道：「你無法接受那些過往？也許她愛過羅迪，可是那又怎樣呢？只有與你在一起，她才會感受到真正的幸福……」

專文推薦

藏在日常細節中的冒險

楊照（作家）

一開始，就都在那裡了。

一九二〇年，阿嘉莎．克莉絲蒂出版了《史岱爾莊謀殺案》，神探白羅就已經退休了。而且在這個案子裡，藉由敘述者海斯汀的轉述，就鋪陳出克莉絲蒂小說最基本的偵探原則：

「那些看來或許無關緊要的小細節……它們才是重要的關鍵，它們才是偉大的線索！」

「豐富的想像力就像洪水一樣，既能載舟亦能覆舟，而且，最簡單直接的解釋，往往就是最可能的答案。」

「沒有任何謀殺行為是沒有動機的。」

還有，一個不討人喜歡的死者，一群各有理由不喜歡死者、因而也就都有殺人動機的人，這些人彼此之間構成複雜的關係，有的互相仇視，有的互相愛戀，麻煩的是，有些愛人其實貌合神離，有些仇人其實私下愛慕；更麻煩的是，不論是愛或是仇，都有可能是扮演出來的。

一個外來的偵探必須周旋在這些嫌疑者之間，從他們口中獲取對於案情的了解，換句話說，他必須在很短的時間內，搞清楚誰是誰、誰跟誰吵架、誰跟誰偷情，然後判斷誰說的哪一句是實話、哪一句是謊言。常常謊言比實話對於破案更有幫助。

再偷偷透露一下，如果要和小說裡的凶手及小說背後的作者鬥智，就像克莉絲蒂對英國社會的了解，祕訣就在於要去追究小說裡的人物背景，尤其是他們的階級地位。基本上，階級地位愈高、權力愈大、愈有錢者，說的話就愈不要相信。例如在《史岱爾莊謀殺案》中，僕人、園丁說的話遠比有頭有臉的人說的要可信多了。就算要說謊，他們的謊言也比較天真，而且往往出於善良動機。當你歸納線索時，就會知道他們並非故意說謊，那是因為他們的認知受到蒙蔽或誤導，而你慢慢就從這蒙蔽或誤導中被引導到真相。

《史岱爾莊謀殺案》出版那年，克莉絲蒂三十歲，但書稿其實早在五年前就寫好了，畢竟要找到有人願意出版一個看來再平凡不過的家庭主婦寫的小說，並不是那麼容易。

所有和克莉絲蒂接觸過的人，都對於她的「正常」留下深刻印象。她看起來就和她那個年紀的典型英國家庭主婦一樣，害羞、靦腆，只能在社交場合勉強跟人聊些瑣事話題，完全無法演講，甚至連只是站起來對眾賓客說幾句客套話，請大家一起舉杯，她都做不到。她不演講，也很少答應接受採訪，就算採訪到她也很難從她口中得到有趣的內容。她會講的，幾乎都是記者本來就知道、或者自己就可以想得出來的。

例如說白羅這個神探的來歷。克莉絲蒂回答：他應該是個外國人，這樣就能在英國日常生活中看出英國人自己看不出的線索。她自己碰過的外國人，只有第一次大戰剛爆發時到英國避難的比利時人。比利時警察怎麼能跑到英國來？那一定是因為他已經退休了。他有潔癖，所以對於現場會有特殊的直覺，馬上感受到不對勁的地方。一個有潔癖的人，好像應該長得矮小些才相稱，一個矮小有潔癖的人最適當的名字，就是希臘神話裡的大力士「赫丘勒斯（Hercules）」，製造出荒唐的對比趣味。那白羅這個姓是怎麼來的呢？克莉絲蒂很誠實地說：「我不記得了。」

一切都如此順理成章，一切都如此合邏輯，不是嗎？有記者問她怎麼看自己的舞台劇〈捕鼠器〉，創下了英國劇場、甚至全世界劇場連演最多場紀錄的名劇？克莉絲蒂的回答也還是中規中矩，合理合節：那是一齣小戲，在一個小劇院演出，成本很低，任何人想到了都可以帶家人或朋友去看，老少咸宜，並不恐怖，也不特別荒謬打鬧，可是又什麼都有一點，包括恐怖和荒謬打鬧的成分。

她的身上找不出一點傳奇、怪誕色彩，那她為什麼能在五十年間持續寫偵探小說，創造了那麼多謀殺，還創造了那麼多詭計？

首先因為她是女性，以及她的身世，包括她的階級身分，使得她在描寫故事場景時比一般男性作者來得敏感。因為在她之前的偵探推理小說男性作家的階級身分都是高高在上，基本上他們會從較高的角度看社會，比較看不到底層的感受。

而她的婚變以及婚變中遭逢的痛苦，都使她更能體會與觀察，將英國社會的複雜細節融入小說的核心情節，讓探案與線索分析結合在一起。

克莉絲蒂一生結過兩次婚，第一次在一九一四年，婚後不久，丈夫就參加了歐戰，是英國皇家空軍最早一批飛行員。一九二六年，這個丈夫有了外遇，直率地向克莉絲蒂要求離婚，在那之前，克莉絲蒂的媽媽才剛過世，雙重打擊之下，又遇到車子無法發動，克莉絲蒂崩潰了，她棄車而走，忘記了自己究竟是誰，躲進一家鄉間旅館，登記時寫了她心裡唯一有印象的名字——她丈夫情婦的名字。

離婚後，一次在晚宴中，有人提起近東烏爾考古的最新收穫，克莉絲蒂就取消了原定要去西印度群島的計畫，改訂了跨越歐洲到君士坦丁堡的「東方快車」，是的，就是這趟旅程給了她寫《東方快車謀殺案》的靈感。不過更重要的是，在烏爾，她認識了一位年輕的考古學家，比她小十四歲，這個人後來成了她的第二任丈夫。

這位考古學家陪她去參觀在沙漠中的烏克海迪爾城，卻在沙漠中迷路困陷了。幾小時中克莉絲蒂卻沒有一點驚慌不安，當下考古學家就決定要向她求婚。

原來，克莉絲蒂的內心是有這種冒險成分的。要不然她不會兩次選到的，都是喜愛冒險的丈夫，而她本身大概也不會吸引一個在各種危險情境下挖掘古代寶藏的人，讓他願意向一個大他十四歲的女人求婚。

這樣說吧，維多利亞時代後期的英國環境，壓抑限制了克莉絲蒂冒險、追求傳奇的內在衝動，她只好將這樣的衝動寄託在丈夫和寫作上。她一邊陪著第二任丈夫在近東漫走，一邊在小說中寫各式各樣的謀殺與探案。謀殺和探案都是冒險，還有，偵探偵查中做的事——蒐集線索，還原命案過程——其實和考古學家的考掘，如此相似！

克莉絲蒂寫得最好的，正是「藏在日常中的冒險」。她個性中的雙面成分，造就了特殊的偵探魅力。既嚮往非常傳奇，卻又有根深柢固的日常邏輯信念，兩者都在克莉絲蒂的小說中扮演了重要角色。她的謀殺案幾乎都和日常習慣緊密編織在一起，日常環境成了凶手最重要的掩護。有些日常規律明顯地被破壞了，讓我們很自然以為那會是謀殺的線索，沿著這些線索形成了閱讀中的推理猜測，然而白羅早就提醒了，真正重要的反而是那些「細節」，也就是看來像是依隨日常邏輯進行的事，或說藏在日常邏輯中因而不被看重的事，那裡要嘛藏著凶手的核心詭計、煙幕，要嘛藏著凶手致命的破綻。

凶案的構想，就是如何讓異常蓋上日常、正常的面貌，又如何故意將日常、正常予以扭曲，製造假象；那麼偵探要做的，就是如何準確地在日常中分辨出真正的異常，將假的、明顯的異常撥開來，找出細節堆疊起來的異常真相。

此外，克莉絲蒂的小說裡隱藏著極其曖昧的情感價值觀，最典型、最有名的就是《東方快車謀殺案》。透過追查過程，讓讀者知道為什麼凶手要訴諸於這種手段，其動機具有可同情之處，再加上克莉絲蒂對身分階級的觀察，她比較相信或讓讀者相信那些沒有權力、地位的人，隨著偵查節奏去認識可能或必須懷疑的人。克莉絲蒂最擅長營造「多重嫌疑犯」的小說特質，因為讀者在閱讀時必須被迫去認識很多不一樣的人。在她最受歡迎的作品，大概都具備這樣的特質。

當然，她的作品中還有兩個最突出的神探，即白羅和瑪波。白羅是比利時人，但為什麼必須是外國人？這是因為英國人具有高度階級意識，這種觀念一路滲透到所有互動細節，包括人與人之間如何說話。而白羅因為不是英國人，他會發現一般英國人不太看得出來的東西，以及兩個人互動的方法哪裡不正常。至於瑪波為什麼得是老太太？她一如那個年代的老人家，總是靜靜坐著打毛線，因為不起眼，自然讓人放鬆防備，所以瑪波探案的線索都是來自於這樣的互動模式。

然而，白羅有很明顯的優勢，瑪波的身分使她基本上只能進行「靜態」的辦案，案子的空間受到侷限，白羅卻可以跨越各種空間，恣意揮灑。而且白羅擁有警官身分，可以合理出現在各種犯罪現場，瑪波能出現的地方，相形之下就勉強、不自然多了。白羅是明白的outsider，在英國，只要他出現，就會覺得有外人在而感到緊張，於是很容易露出平常不會表現的行為；瑪波則看起來是 insider，但實質上是 outsider，因為總是沒人發現她、當她空氣人。這兩人的探案，是兩個極端。雖然讀者最愛白羅，但克莉絲蒂自己偏愛瑪波勝於白羅。

不管後來的偵探、推理小說發展了多少巧妙詭計，克莉絲蒂卻不會過時，因為她的推理如此密切地和日常纏繞在一起；活在日常中，我們就無可避免被克莉絲蒂的「日常細節推理」吸引，隨時讀來都充滿驚奇趣味。

名家盛讚克莉絲蒂（依推薦時間排序）

金庸（作家）

克莉絲蒂的寫作功力一流，內容寫實，邏輯性順暢，也很會運用語言的趣味。閱讀她的小說，在謎底沒有揭露之前，我會與作者鬥智，這種過程非常令人享受。其作品的高明之處在於：布局的巧妙完全意想不到，而謎底揭穿時又十分合理，讓人不得不信服。

詹宏志（作家、PChome 網路家庭董事長）

推理小說在從先輩柯南．道爾等人的發明中出現力量時，誕生了一位《天方夜譚》故事中每天說故事說個不停的王妃薛斐拉．柴德，也就是「謀殺天后」克莉絲蒂，整個世界對聽這些故事才有如此的熱情。他們捨不得睡覺，每天問後來還有嗎、還有嗎，永遠不肯離去，這就是克莉絲蒂對推理小說的最大貢獻。

可樂王（藝術家）

所謂「克莉絲蒂式」的推理小說，就是一場和一個天才的寫作者或高明的恐怖份子在紙上捕掠捉殺的戰事。即便是一列火車、一處飯店或一間酒吧，在克莉絲蒂寫來皆充滿神祕和猜謎。在人生適合的下午裡，我總是一面嚼著口香糖，一面跟著矮子偵探白羅穿梭謀殺現場，克莉絲蒂的推理作品無疑是推理世界中最充滿「魔術性」的小說。

吳若權（作家、節目主持人）

我從小就對推理小說情有獨鍾，克莉絲蒂一系列的作品尤其令我愛不釋手。多年來，閱讀推理小說的經驗讓我覺悟：讀者在文字情節中推展開來的驚嘆，不只是因緣於故事的本身，而是自我性格的投射。從這個觀點來看克莉絲蒂一系列的作品，她簡直就是洞徹人性的算命師。而讀者，在她的文字中，發現了自己無可奉告的命運。

藍祖蔚（國家電影及視聽文化中心董事長）

做過藥劑師，難免懂得毒藥；嫁給考古學家，難免也就嫻熟文明的神祕；再加上曾經失蹤九天，一切不復記憶的離奇經驗，的確提供了寫作靈感，但若少了想像力，那些片羽靈光縱使辛辣如辣椒，卻不足以成菜。

推理小說重布局、重人物描寫，克莉絲蒂最厲害的卻是犀利的人性觀察，她一手創造的白羅探長，潔癖個性完全和她相反，更將她所憎厭的人格特質集於一身，殊不知，唯有不對著鏡子寫作，才能夠跳出框架與制式反應，開闢無限寬廣的新世界，建構多面向的詭異迷宮。

看完她的小說，你只會更加訝異，到底是什麼樣的心靈才能成就這般視野？

李家同（作家、前暨南大學校長）

克莉絲蒂的整體布局十分細膩，最後案情也都講解得非常詳細，回頭去看，在書中都找得到線索。故事的情節與內容也很好看，不是像一個流氓在街上被殺掉那麼單調。……看小說應該要花腦筋、要思考，從小就要養成思辨的能力，看她的小說，就是對邏輯思考能力極佳的訓練。

袁瓊瓊（作家）

雖然被公認是冷靜理性的謀殺天后，但是在理性之下，克莉絲蒂的底色依舊是感情。克莉絲蒂很明白，所有的慾望之後，都無非是某種愛情。在以性命相搏的犯罪世界裡，凶手以終結他人的性命來遂私欲，不過是為了成全自己的愛，或者是成全自己的恨。

鄧惠文（精神科醫師）

以推理小說作家而言，克莉絲蒂的風格相當獨樹一格。她的偵探在辦案時，靠的不光是科學證據的搜集，而是大量運用犯罪心理學，及對人性的深刻了解。例如在《五隻小豬之歌》中，白羅便是藉由聽取嫌疑犯訴說案情時所不自覺顯露的主觀意識及中心思想，而看出其中破綻，找出真兇。白羅是靠腦袋辦案，以心理層面去剖析案情，即使人們敘述的是同一件事，他可以聽出不同角色因出發點及看待角度不同所透露的情緒觀感，從而抽絲剝繭，還原事實真相。

克莉絲蒂所塑造的人物也生動且各具特色，不同個性所出現的情緒反應描寫，皆細膩而準確，讓讀者產生豐富的想像空間，一展卷便欲罷而不能。

吳曉樂（作家）

克莉絲蒂使用的語言平易近人，主要是以角色與情節的對應來斧鑿出故事的深度，堆疊出讓讀者回味的迂迴空間。而她筆下的角色往往性別、階級、性格、族群各異，塑造出多元又豐富的人物群像。

文學作品不問類型，若要流傳於世，最終仍得上溯至「人性」的理解與反思。而阿嘉莎．克莉絲蒂的作品中，我們可以看到人類屢屢得和自己的人生討價還價，或千方百計讓主觀意識與客觀條件達成某種程度的整合，讀者在重建人物的心理軌跡時，也見識到自身的是非成敗，我認為，這也是克莉絲蒂的作品能夠璀璨經年、暢銷不衰的主因。

許皓宜（心理學作家）

克莉絲蒂筆下的故事看似在談人性的醜惡，實則像一位披著小說家靈魂的心靈引導者，用她的文字訴說著人們得不到「愛」時的痛苦。於是在故事終了的剎那，你不得不對人生多了幾分「看透感」：原來，我們心裡的那些痛苦、報復與自我折磨的慾望，不是因為「憤恨」，而是起於對「愛的失落」。這或許是我們在情感世界中最珍貴且深刻的一種覺察了。

推理小說荒謬驚悚嗎？不，它其實很寫實。它幫我們說出心裡的苦、怨、醜陋的慾望，於是，我們可以重新學習愛了。

一頁華爾滋 Kristin（影評人）

從有記憶以來，閱讀克莉絲蒂最迷人之處往往不在真正的凶手是誰，而是在於「Why」（為什麼）與「How」（如何進行），在於人性與心理描摹的故事肌理。依循其書寫脈絡，會發覺不只是邏輯清晰、布局縝密、著重細節，她總能完美掌握敘事節奏，書中人物彷彿真實存在般鮮明躍然紙上，讀者情緒會隨精準文字保持流轉、跳動、收放，掩卷時並無太多真相水落石出的暢快，反倒淡淡的惆悵化為餘韻襲上心頭，原來還是種種意料之外，卻屬情理之中的人性盲目使然。私以為，那成就了克莉絲蒂的推理故事之所以無比迷人的主因之一。

冬陽（推理評論人）

雖然阿嘉莎．克莉絲蒂的作品並非我的推理閱讀啟蒙，卻是養成閱讀不輟的重要推手。首先，她無庸置疑是個說故事能手，打開我名為好奇的開關；其次是設計犯罪事件的巧妙多元，既日常又異常，凶手更是叫人意想不到。沒錯，我相信每個當讀者的都忍不住想破案，想早偵探一步識破詭計，或者像考試結束鈴響前一秒，瞎猜都要指著某個角色大喊「你就是犯人」！然後會忍不住作弊——不是翻到最後幾頁窺探真凶身分，而是往前翻查讓人起疑的段落、偵探顯然掌握重要線索的時刻，直到忍不住豎白旗投降，看神探（我知道啦，真正把我要得團團轉的聰明人是作者）頭頭是道地分析我遺漏錯置的片片拼圖，終於看清真相全貌。這，就是偵探推理，我因此熟悉遊戲規則、沉醉在每一場迷人故事裡，成為這個類型書寫的俘虜，享受至今不疲的美好滋味。

石芳瑜（作家、永樂座書店店主）

布局細膩、處處留下線索，破案解說詳細，說明了這位安靜、害羞的推理小說女王心思縝密，且充滿想像力。密室殺人，完美犯罪，《東方快車謀殺案》不愧為古典推理小說的經典。再加上神祕的東方色彩，隨著火車抵達的迫切時間感，連非推理小說迷都會神經拉緊，讀完大呼過癮。

家庭主婦缺少人生經驗？處女座的阿嘉莎．克莉絲蒂充分展現她過人的寫作天分，靠得是從小開始的閱讀，以及對偵探小說的著迷。三十歲寫下第一本偵探小說《史岱爾莊謀殺案》的克莉絲蒂，在那個時代並不能說是「早慧」，但寫作生涯五十五年中，共創作了八十部偵探小說，卻令人難以企及。這位害羞靦腆的小說女神，大概是相信只要有足夠的理由，每個人都有殺人的可能！

余小芳（暨南大學推理研究社指導老師、台灣推理作家協會常務理事）

學生時代加入推理社團，社課指定讀物便是經典作品《一個都不留》，成為我對克莉絲蒂的初步印象，自此沉浸於推理小說的世界。隔年寒假陪同學參與轉學考，在斜風細雨的走廊中，滿足讀完《東方快車謀殺案》。隨著歲月遠走，已昇華成趣味回憶。

踏入推理文學領域需要認識的作家，阿嘉莎．克莉絲蒂絕對名列其中，她的作品常有英國小鎮風光、莊園式的謀殺、設備豪華的交通工具等，還有特色鮮明的偵探活躍其中。書中少有血腥、暴力的橋段，布局巧妙且結構嚴密，手法純粹、知性，故事內容與人物性格融為一體，以高超的想像力結合說好故事的能耐，為推理小說開創新局面。克莉絲蒂推理全集重編改版，值得新舊讀者一起探索。

林怡辰（國小教師、教育部閱讀推手）

多年後，還是難忘第一次閱讀阿嘉莎．克莉絲蒂作品的感動和激動。

這套將近一世紀的作品，文筆流暢，邏輯縝密，過程中不斷與作者較量、猜出凶手，直到最後解答不禁佩服，蛛絲馬跡處處展現作者的精妙手法，於是又拿起另一部作品，再次沉溺在謀殺天后所編織的日常世界中的奇幻，無可自拔。犯罪動機和手法穿越時空限制，如今讀來合理且依舊令人感動，閱讀中趣味橫生，難怪成為後來諸多偵探小說的原型。

克莉絲蒂創作生涯中產出的八十部推理作品，至今多部躍上大銀幕，無怪乎被稱之為「經典」，喜愛推理偵探作品的人不可不讀，你會驚異於她在文字中施展的魔法！

張東君（推理評論家、科普作家）

我愛克莉絲蒂！這位在台灣有時會被稱為克奶奶的超級暢銷推理小說家，即使是自認沒讀過她的書的人，也都會在各種書籍或影視作品中看到對她致敬的片段。由於她喜歡旅行和冒險，那些經驗與體驗都成為書中的場景，因此閱讀她的作品時，不只是雀躍地跟著偵探推理，也有了虛擬的旅行體驗。或者當成旅遊導覽書，在出發去尼羅河、去英國鄉間、去搭船搭火車時，就塞一本克奶奶的作品到隨身背包中。

我還是大學新生時，就聽學姐說她哥哥經常看克奶奶的小說，而且邊看邊狂笑。於是我跟著效仿，在某次搭飛機之前買了第一本小說當旅伴，不只看得超開心，看完後還到處找尋書中出現的那種有兜帽的斗篷，當成出門時的必備用品。克奶奶的作品是跨越文字、國界的。只要看過一本，就會不停地追下去。還好，真的是還好只有八十本。何況這次是全新校訂的紀念珍藏版，當然不能錯過！

發光小魚（呂湘瑜）（文史作家、助理教授）

一部好的偵探小說，除了情節設計巧妙之外，還需要洞悉人性，如此方能合理地交代人物的言行舉止與動機。阿嘉莎．克莉絲蒂便是其中翹楚，她的作品不管是偵探、愛情小說或戲劇，必要元素都是謎題與人性。在寧靜無波的場景下暗潮洶湧，永遠都有意料之外，讀者的情緒也會隨著劇情的進行起伏糾結。克莉絲蒂觀察到時代的變化，將犯罪心理融入作品中，於是，看她的小說不只能得到解謎的快樂，同時對人性也能夠有所省思。

此外，克莉絲蒂豐富的人生歷練及旅行經歷，例如一九二二年的環球之旅、居住過也旅行過的巴黎和埃及，甚至是追隨考古學家丈夫前往的中東，都讓她的小說讀來更加充滿異國情調。如果你也愛旅行，不如就讓我們一同搭上那一班南法的藍色列車，或由伊斯坦堡出發的東方快車，跟著白羅鑽進一樁奇案，一嘗旅程中破解謎題的快感吧。

盧郁佳（作家）

國小時，家裡買了一套阿嘉莎．克莉絲蒂全集，從此成了我的毒品，在白癡課本將我的腦袋啃噬成海綿般空洞時，撫慰受創的心靈，那時我仍對人心險惡一無所知。

數學課教你列算式，樂趣遠不如克莉絲蒂教你住宅平面圖、偷換時序的密室魔術，你從庭園長窗進房間，我從房門直通鄰房，他從走廊進房……從而學會故事是建構邏輯。她文風多變，時而《四大天王》中讓神探白羅向助手海斯汀大賣關子，眉頭緊皺，山雨欲來，預示天翻地覆，只能靠他拯救世界；時而用維吉尼亞．吳爾芙《自己的房間》中俏皮的語言，讓貧苦村姑安妮在《褐衣男子》中回憶南非出生入死的冒險，竟源於她耽讀村裡圖書館爛舊的冒險愛情小說，還有戲院每週末放映〈帕米拉歷險記〉，帕米拉每集從飛機跳落高空、搭潛艇、爬上摩天大樓，每次被黑幫老大抓到總不一刀斃命，卻老要用瓦斯毒死她，暗示續集又會逃出生天。

長大才發現，克莉絲蒂小說就是我的〈帕米拉歷險記〉：它以歌劇般輝煌龐大的天真陰謀、精細的人際觀察（一句話重音放在哪個字、從膝蓋鑑定女人的年齡等），召喚年輕讀者抱持浪漫精神投入未知的壯遊，瘋魔、衝撞、冒犯，傷痕累累毫無懼色。正如瓦斯在冒險片中太多、現實中卻太少；陰謀在現實中沒有克莉絲蒂寫得那麼複雜，但她刻畫的心理卻是現實中解謎的試金石。

賴以威（臺灣師範大學電機系副教授）

或許可以為經典下幾個定義：該領域的愛好者更都讀過；不是這個領域的愛好者，許多人也都聽過；影響後續的作品，在很多著作中都可以看到它的影子；值得反覆再三閱讀，每隔一陣子再讀都可以獲得閱讀的樂趣，有更多的體悟。我永遠記得第一次讀《東方快車謀殺案》時，被那宛如嚴謹設計數學謎題的鋪陳、推進給深深吸引、震撼。從這幾個角度來說，克莉絲蒂的推理小說被稱之為「經典」，可說是當之無愧。

謝哲青（作家、旅行家、知名節目主持人）

克莉絲蒂小說的魅力在於透過每個角色的對白，藉由不斷的說話來表現人物的個性，以彰顯其人格特質中一些無法被忽略的事實。我們從他們的言語、講話的過程和字裡行間，竟然就能知道誰是凶手。

我從克莉絲蒂的小說學到很多，除了推理小說有趣的事實之外，最重要的是，我在工作的職場跟人應對的時候，如何從語言和對話裡去捕捉某些隱而不顯的事實。許多人們欲蓋彌彰的東西，無論心事也好、祕密也好，克莉絲蒂都會用文學的手法，讓你理解語言的奧妙和魅力。

克莉絲蒂的書寫會讓你覺得彷彿自己也在現場，你可以從聽到的對話當中，學會如何理解人心的一些小技巧，這是小說家最出色、最偉大的地方。我們必須學習傾聽別人說話──這些人講話是真誠的嗎？他想要跟你分享什麼資訊？這些資訊可靠嗎？──這是我在閱讀推理小說時，最大的收穫和理解。

阿嘉莎・克莉絲蒂大事記

1890		• 九月十五日出生於英格蘭德文郡托基鎮。
1894	4 歲	• 開始在家自學，父母親、姐姐教導閱讀、寫作、算術和彈鋼琴。
1895	5 歲	• 家中經濟走下坡，舉家搬至法國，學會流利的法語。
1905	15 歲	• 在巴黎寄宿學校學鋼琴和聲樂，但生性極度害羞，未成為職業鋼琴家，最終回到英國。
1907	17 歲	• 陪同母親前往埃及調養身體，對社交活動充滿興趣，但尚未對日後感興趣的埃及古物點燃熱情。 • 回英國後繼續寫作、參與業餘戲劇表演。
1908	18 歲	• 寫出第一篇短篇小說〈麗人之屋〉，同時也寫出第一部愛情小說《白雪黃漠》，以筆名向出版社投稿，但屢遭退稿。
1912	22 歲	• 與英國皇家軍官亞契・克莉絲蒂（Archibald Christie）熱戀。 • 八月爆發第一次世界大戰，亞契奉派到法國作戰。
1914	24 歲	• 耶誕夜結婚，亞契隨即返回戰場。克莉絲蒂參與紅十字會工作，在醫院擔任護士和藥劑師，因此對藥理和毒物非常熟悉，造就後來多部推理小說情節都以毒藥殺人。
1916	26 歲	• 開始嘗試寫推理小說，寫出第一部小說《史岱爾莊謀殺案》，主角偵探赫丘勒・白羅的靈感，來自於大戰期間英國鄉間的比利時難民營。本書歷經數家出版社退稿後，終獲柏德雷・海德（The Bodley Head）圖書公司的出版機會，之後並簽下另五本小說的合約。
1919	29 歲	• 前一年亞契返回英國，八月生下女兒露莎琳。

1920	30 歲	• 出版《史岱爾莊謀殺案》。
1922	32 歲	• 出版第二部小說《隱身魔鬼》，主角是夫妻檔偵探湯米和陶品絲。 • 與亞契至南非、澳洲、紐西蘭、夏威夷和加拿大等國旅行十個月，在南非得到《褐衣男子》的靈感。
1923	33 歲	• 三月出版第三部小說《高爾夫球場命案》，白羅再度登場。
1926	36 歲	• 四月母親過世，克莉絲蒂陷入憂鬱。 • 六月在「威廉・柯林斯父子出版社」出版《羅傑艾克洛命案》。 • 八月亞契因外遇提出離婚，十二月初一次爭吵後，克莉絲蒂離家棄車失蹤，消息登上全國新聞。
1927	37 歲	• 一月在悲痛心情中寫出《藍色列車之謎》，第一次創造出聖瑪莉米德村，即後來瑪波小姐居住的村子。 • 分居期間在雜誌刊登以白羅為主角的短篇小說，後來集結出版《四大天王》。 • 十二月在雜誌刊登短篇小說〈週二夜間俱樂部〉，瑪波小姐初登場，後來收錄在一九三二年出版的短篇小說集《十三個難題》。
1928	38 歲	• 十月正式離婚，仍保留「克莉絲蒂」姓氏。 • 秋天搭乘「東方快車」前往土耳其的伊斯坦堡，再轉往伊拉克首都巴格達，參觀考古現場烏爾，認識考古學家伍利夫婦（Leonard and Katharine Woolley）。
1930	40 歲	• 二月應伍利夫婦之邀再訪烏爾，認識考古學家麥克斯・馬龍（Max Mallowan），九月於英國愛丁堡結婚。這段婚姻開啟克莉絲蒂旺盛的創作生涯，兩人到中東考古現場的旅行為許多作品帶來靈感。

		• 婚後克莉絲蒂開始維持固定的寫作行程。十月出版《牧師公館謀殺案》，是第一部以瑪波小姐為主角的小說。 • 出版第一部以「瑪麗．魏斯麥珂特」（Mary Westmacott）為筆名的《撒旦的情歌》，並陸續發表了五部非犯罪小說。
1932	**42 歲**	• 出版《危機四伏》。
1934	**44 歲**	• 出版《東方快車謀殺案》，是白羅海外辦案三部曲之一，故事靈感來自中東的旅行經歷。一九七四年第一次改編成電影大獲好評。
1936	**46 歲**	• 出版《美索不達米亞驚魂》，白羅海外辦案三部曲之二。
1937	**47 歲**	• 出版《尼羅河謀殺案》，白羅海外辦案三部曲之三，故事背景是年輕時與母親同遊的埃及。一九七八年第一次改編成電影大受歡迎。
1939	**49 歲**	• 二次大戰期間，克莉絲蒂在大學學院醫院擔任義務藥師，學習到最新的毒藥知識，對於推理小說寫作大有助益。 • 出版《一個都不留》，是克莉絲蒂最著名作品之一。
1941	**51 歲**	• 出版《密碼》，呈現出克莉絲蒂對戰爭的看法。 • 出版《豔陽下的謀殺案》。
1942	**52 歲**	• 出版《藏書室的陌生人》、《五隻小豬之歌》等名作。
1944	**54 歲**	• 以「瑪麗．魏斯麥珂特」為筆名出版第三部作品《幸福假面》，被美國書評人發現是克莉絲蒂的作品，讓她從此失去匿名創作的自在樂趣。

1950　60歲　• 獲選為皇家文學學會的會員。

1953　63歲　• 出版《葬禮變奏曲》。

1956　66歲　• 一月獲頒大英帝國爵級大十字勳章（GBE）。
• 十一月以「瑪麗．魏斯麥珂特」為筆名出版《愛的重量》，是這個筆名的最後一部作品。

1958　68歲　• 成為「偵探作家俱樂部」主席。

1960　70歲　• 馬龍獲頒大英帝國爵級大十字勳章。

1961　71歲　• 獲得艾克塞特大學頒發榮譽文學博士學位。

1968　78歲　• 馬龍獲封為爵士，克莉絲蒂亦被稱為馬龍爵士夫人。

1971　81歲　• 獲頒大英帝國爵級司令勳章（DBE），獲封為女爵士。

1973　83歲　• 出版最後一部創作《死亡暗道》，亦為湯米和陶品絲最後一次辦案。

1974　84歲　• 最後一次公開露面，出席電影《東方快車謀殺案》首映會。

1975　85歲　• 八月六日，白羅成為有史以來第一次在《紐約時報》頭版刊出訃聞的小說主角，宣傳九月即將出版的《謝幕》，這也是白羅最後一次辦案。

1976　86歲　• 一月十二日去世。
• 十月出版《死亡不長眠》，瑪波小姐的最後一次辦案。

克莉絲蒂推理原著出版年表

1920　史岱爾莊謀殺案 The Mysterious Affair at Styles（神探白羅系列）
1922　隱身魔鬼 The Secret Adversary（神探湯米＆陶品絲系列）
1923　高爾夫球場命案 The Murder on the Links（神探白羅系列）
1924　白羅出擊 Poirot Investigates（神探白羅系列）
1924　褐衣男子 The Man in the Brown Suit（神探雷斯上校系列）
1925　煙囪的祕密 The Secret of Chimneys（神探巴鬥主任系列）
1926　羅傑艾克洛命案 The Murder of Roger Ackroyd（神探白羅系列）
1927　四大天王 The Big Four（神探白羅系列）
1928　藍色列車之謎 The Mystery of the Blue Train（神探白羅系列）
1929　七鐘面 The Seven Dials Mystery（神探巴鬥主任系列）
1929　鴛鴦神探 Partners in Crime（神探湯米＆陶品絲系列）
1930　牧師公館謀殺案 The Murder at the Vicarage（神探瑪波系列）
1930　謎樣的鬼豔先生 The Mysterious Mr. Quin（神探鬼豔先生系列）
1931　西塔佛祕案 The Sittaford Mystery
1932　十三個難題 The Thirteen Problems（神探瑪波系列）
1932　危機四伏 Peril at End House（神探白羅系列）
1933　十三人的晚宴 Lord Edgware Dies（神探白羅系列）
1933　死亡之犬 The Hound of Death
1934　三幕悲劇 Three Act Tragedy（神探白羅系列）
1934　李斯特岱奇案 The Listerdale Mystery
1934　帕克潘調查簿 Parker Pyne Investigates（神探帕克潘系列）
1934　東方快車謀殺案 Murder on the Orient Express（神探白羅系列）
1934　為什麼不找伊文斯？ Why Didn't They Ask Evans?
1935　謀殺在雲端 Death in the Clouds（神探白羅系列）
1936　ABC 謀殺案 The A.B.C. Murders（神探白羅系列）
1936　底牌 Cards on the Table（神探白羅系列）
1936　美索不達米亞驚魂 Murder in Mesopotamia（神探白羅系列）

1937 巴石立花園街謀殺案 Murder in the Mews（神探白羅系列）
1937 尼羅河謀殺案 Death on the Nile（神探白羅系列）
1937 死無對證 Dumb Witness（神探白羅系列）
1938 白羅的聖誕假期 Hercule Poirot's Christmas（神探白羅系列）
1938 死亡約會 Appointment with Death（神探白羅系列）
1939 一個都不留 And Then There Were None
1939 殺人不難 Murder Is Easy/Easy to Kill（神探巴鬥主任系列）
1940 一，二，縫好鞋釦 One, Two, Buckle My Shoe（神探白羅系列）
1940 絲柏的哀歌 Sad Cypress（神探白羅系列）
1941 密碼 N Or M?（神探湯米＆陶品絲系列）
1941 豔陽下的謀殺案 Evil Under the Sun（神探白羅系列）
1942 五隻小豬之歌 Five Little Pigs（神探白羅系列）
1942 藏書室的陌生人 The Body in the Library（神探瑪波系列）
1943 幕後黑手 The Moving Finger（神探瑪波系列）
1944 本末倒置 Towards Zero（神探巴鬥主任系列）
1945 死亡終有時 Death Comes as the End
1945 魂縈舊恨 Remembered Death（神探雷斯上校系列）
1946 池邊的幻影 The Hollow（神探白羅系列）
1947 赫丘勒的十二道任務 The Labours of Hercules（神探白羅系列）
1948 順水推舟 Taken at the Flood（神探白羅系列）
1949 畸屋 Crooked House
1950 謀殺啟事 A Murder Is Announced（神探瑪波系列）
1951 巴格達風雲 They Came to Baghdad
1952 殺手魔術 They Do It with Mirrors（神探瑪波系列）
1952 麥金堤太太之死 Mrs. McGinty's Dead（神探白羅系列）
1953 黑麥滿口袋 A Pocket Full of Rye（神探瑪波系列）
1953 葬禮變奏曲 After the Funeral（神探白羅系列）

1954 未知的旅途 Destination Unknown
1955 國際學舍謀殺案 Hickory, Dickory, Dock（神探白羅系列）
1956 弄假成真 Dead Man's Folly（神探白羅系列）
1957 殺人一瞬間 4:50 from Paddington（神探瑪波系列）
1958 無辜者的試煉 Ordeal by Innocence
1959 鴿群裡的貓 Cat Among the Pigeons（神探白羅系列）
1960 哪個聖誕布丁？ The Adventure of the Christmas Pudding（神探白羅系列）
1961 白馬酒館 The Pale Horse
1962 破鏡謀殺案 The Mirror Crack'd from Side to Side（神探瑪波系列）
1963 怪鐘 The Clocks（神探白羅系列）
1964 加勒比海疑雲 A Caribbean Mystery（神探瑪波系列）
1965 柏翠門旅館 At Bertram's Hotel（神探瑪波系列）
1966 第三個單身女郎 Third Girl（神探白羅系列）
1967 無盡的夜 Endless Night
1968 顫刺的預兆 By the Pricking of My Thumbs（神探湯米＆陶品絲系列）
1969 萬聖節派對 Hallowe'en Party（神探白羅系列）
1970 法蘭克福機場怪客 Passengers to Frankfurt
1971 復仇女神 Nemesis（神探瑪波系列）
1972 問大象去吧 Elephants Can Remember（神探白羅系列）
1973 死亡暗道 Postern of Fate（神探湯米＆陶品絲系列）
1974 白羅的初期探案 Poirot's Early Cases（神探白羅系列）
1975 謝幕 Curtain: Hercule Poirot's Last Case（神探白羅系列）
1976 死亡不長眠 Sleeping Murder（神探瑪波系列）
1979 瑪波小姐的完結篇 Miss Marple's Final Cases（神探瑪波系列）
1991 情牽波倫沙 Problem at Pollensa Bay
1997 殘光夜影 While the Light Lasts

國家圖書館出版品預行編目（CIP）資料

絲柏的哀歌 / 阿嘉莎．克莉絲蒂（Agatha Christie）著 ; 田孝德譯. -- 二版. -- 臺北市 : 遠流出版事業股份有限公司, 2023.04
面；　公分. -- (克莉絲蒂繁體中文版20週年紀念珍藏 ; 29)
譯自 : Sad Cypress
ISBN 978-626-361-007-1(平裝)

873.57　　112002183

克莉絲蒂繁體中文版 20 週年紀念珍藏 29

絲柏的哀歌

作者 / 阿嘉莎．克莉絲蒂
譯者 / 田孝德

主編 / 陳懿文、余式恕　校對 / 呂佳真
封面、內頁設計 / 謝佳穎　排版 / 連紫吟、曹任華
行銷企劃 / 舒意雯　出版一部總編輯暨總監 / 王明雪

發行人 / 王榮文
出版發行 / 遠流出版事業股份有限公司
地址 / 104005臺北市中山北路一段11號13樓
電話 / (02)2571-0297　傳真 / (02)2571-0197　郵撥 / 0189456-1
著作權顧問 / 蕭雄淋律師

2002年11月1日 初版一刷
2023年4月1日 二版一刷
定價 / 新臺幣380元 (缺頁或破損的書，請寄回更換)

ISBN 978-626-361-007-1

遠流博識網 http://www.ylib.com E-mail: ylib@ylib.com
遠流粉絲團 https://www.facebook.com/ylibfans